傅菲 著

风过溪野

百花文艺出版社
天津出版传媒集团

图书在版编目（CIP）数据

风过溪野 / 傅菲著. -- 天津：百花文艺出版社，2021.7（2023.3 重印）
ISBN 978-7-5306-8075-9

Ⅰ. ①风… Ⅱ. ①傅… Ⅲ. ①散文集-中国-当代 Ⅳ. ①I267

中国版本图书馆 CIP 数据核字(2021)第 093489 号

风过溪野
FENG GUO XI YE
傅菲 著

选题策划：张 森　　封面制作：蔡露滋
责任编辑：沙 爽 田 静　　版式设计：王宝萍
出版发行：百花文艺出版社
地址：天津市和平区西康路 35 号　　邮编：300051
电话传真：+86-22-23332651（发行部）
+86-22-23332656（总编室）
+86-22-23332478（邮购部）
网址：http://www.baihuawenyi.com
印刷：山东临沂新华印刷物流集团有限责任公司
开本：787 毫米×1092 毫米　1/32
字数：137 千字
印张：7.25
版次：2021 年 7 月第 1 版
印次：2023 年 3 月第 2 次印刷
定价：58.00元

如有印装质量问题，请与山东临沂新华印刷物流集团有限责任公司联系调换
地址：山东省临沂市高新技术产业开发区新华路 1 号
电话：(0539)2925886　邮编：276017

目录

野池塘

野池塘是大地的蓝眼睛。蓝眼睛里，只有天空，对其他一切视而不见。天空会浓缩，夜晚也浓缩，漫天星辰缀出雪色花环。一朵花，两朵花，三朵花……无数朵花，白天凋谢，晚上盛放。蓝眼睛像一个孤独者，看见星群一样庞大的迷途者，在海面上，排着神秘的队形，等待圣餐。

我见过这样的野池塘。池塘在两段河堤交错的三角地。挖沙人租用了两块田，剥去泥层，采沙。沙是白水沙，匀细，无泥质，挖上来，不用水洗，直接掺水泥，盖房粉刷。那一带，六十年前是沙滩，筑堤围滩，才有了上百亩田。沙层很深，一天挖十几车。两块田挖去了一半多，被村人制止了，说，取走了沙，土层松动，河堤会下塌，洪水来了，门板是拦不住的，人本事再大，也拦不了洪水。

挖了田，便弃在那里，也无人抬田复垦。大沙坑是一个四边梯形，长边约有二十米，两条斜边约十五米，短边约十米。有人在长边，即田的衔接处，筑了一道石墙，免得田塌方。短边是剥出来的田泥，已被拉沙车碾压得结结实实。两个斜边是两道石灰石筑起来的河堤。沙坑有四米多深，像一个地下球场。雨季来了，饶北河汹涌滔天，水浪黄浊，浮着枯枝柴屑，浩浩荡荡席卷河滩。最漫长的雨季，叫端午雨。在端午前后，雨锤下来，雨滴像一枚钉子，吧嗒吧嗒，锤入地里。雨滴呈颗粒状，热锅炒豆一样，蹦跳在树叶草叶上。雨击一下树叶，树叶软塌下去，又弹上来，周而复始。竹林沙沙沙，被雨声罩着。雨一直下，无日无夜。田畈一片白，水与天交融的白，白得发灰。饶北河漫上了半截枫杨林，空留树冠在疯狂摇动。水库放闸，大鱼从闸门摔下来，摔成两截，或头部开裂。小鱼也摔下来，摔在浪头，被浪卷走，落水奔逃。汛期从来不耽搁自己如约而至的马蹄。马蹄嗒嗒，马从天空跑下来，跑过山巅，翻下绵延的山梁，把雨水的消息带给每一棵草，带给每一粒种子，带给每一条根须，也带给大地上每一处低洼。汛期催促着朽物飘零，催促着百鸟育雏。

大沙坑储满了水，成了池塘。芦苇、芒、白茅和沙柳，在第二个春天，占领了池塘的四边。芦苇分蘖，根蔸要不了三年，大如箩筐。芦苇是高秆芦苇，一节叶片，比人高。芒和白茅消失。沙柳独枝而长，高过了芦苇，纷披枝条。薜荔缘枝而上，缠了每一条柳枝。

也不知道是谁，在沙坑刚废弃的时候，扔下了几节芦荪（亦即茭白）和几节莲藕（也可能是洪水冲来了芦荪和莲藕），池塘东边一个内角，长出了芦荪和莲荷。芦荪宽叶，挺拔，分蘖而生。4 月，莲荷从水中吐出幼芽。幼芽呈笔状，芽叶淡黄淡白淡绿，卷曲成一个叶苞。一枝枝叶苞竖在水面,像春天的浮标。苞叶一天天张开,以顺时针螺旋形的序列张开,翻盖下来,铺在水面。

水蓝得深邃。我几次站在堤岸,目不转睛地凝视水面,会出现幻觉。沙沉淀了水质,水也和我一样出现幻觉。它把自己幻想成了晴空,幻想成了柳树的倒影,幻想成了水的梦境。天空有多深,池塘便有多深;倒影有多沉静,池塘便有多沉静;梦境有多变幻,池塘便有多变幻。我出现的幻觉,是一群穿水绿色连衣裙的女子,抖着白色的裙摆,站在荷叶上跳月光舞。

在每一次河边散步时,我散步的尽头,便是池塘口。池塘口的芦苇地,足有两亩面积。芦苇地侧边,是一片野树林。树林呈长条形,有二十多棵大香樟树和十几棵枫杨树。芦苇地和树林之间,是一块不大的菜地。树林里,有非常多的长卷尾、松鸦、斑鸠和啼鸣不歇的乌鸫。它们在高高的枝丫上,跳来跳去嬉戏,或者缩着身子躲在树叶遮挡的地方。它们时而来到菜地、河滩吃食;时而成群结队飞到田野浪一圈,在某一条田埂窝很长时间。随时去芦苇地,都可以听到沙沙沙的芦苇晃动声。芦苇里,苇莺和小山雀太多,偶尔还有红胁绣眼鸟来,乌压压一群。

溽热的夏天,池塘有鱼沉浮悠游。鱼是鲩鱼、鲫鱼、鲤鱼。鲫鱼一群群,沿着池塘边,时沉时浮,青黝色的鱼背与水色相融。假如池塘和鱼等比例放大数百万倍,鲫鱼像游动的群山,驮着黛色山峰。被海洋浸没的山峰,是自由的山峰。鲩鱼躲在莲荷叶下或芦荪丛里。我表弟几次对我说:把鱼网上来,煮汤喝,汤汁肯定非常白,和牛奶一样，鲜美无比。谁看过池塘里的鱼，谁的想法就和我表弟一样。但终究无人下去网鱼。芦苇太密，池塘太深，谁也不会为了吃鱼，而去割芦苇。也还得冒着危险——芦苇里蛇多，池塘也无处落脚。

芦荪和莲荷，始终是不多的几株，可能是池塘淤泥不足。它们都长得清瘦，但清雅。有时候，我觉得它们活在这里，确实有些楚楚而孤单。这个池塘，于它们而言，更像供奉它们的庙庵。一个没有晨钟暮鼓的庙庵，水是终日萦绕的云雾，鱼是它们的僧童。鱼穿着黝青黝蓝的衲衣，游步于缥缈峰。

相较于荷花初绽的夏天，我更喜欢深秋的池塘。芦荪倒伏在水面，黄黄的荪叶渐渐麻白，有着生命最后阶段的素美。莲荷叶还没完全破碎，也没腐烂，叶尚圆。这是蛙在冬眠之前，乘叶泛舟于冷月之下——诺亚方舟上的鸽子已被蛙取代。但大多数人不喜欢深秋的池塘，因为过于冷清残败，色彩也过于枯黄单调。其实，残败与枯黄，也是大地的原像。世界上，没有一个地方，四季繁盛。盛极而衰，是生命恪守的原则，也是生命之一种。繁盛的过程，其实极其艰难，叶一片片抽绿，每长一厘米的茎如人跋涉千山万水。一片芦苇，一丛芦荪，一枝莲荷，从垂死的肃黄到郁郁葱葱，需要数月完成。而极衰，只需要一夜的秋霜。万物在大地上轮回，秋霜是轮回中重要的一环。春天给予万物的，秋天又从万物中索取。给予和索取，永远等量。

2015 年冬，池塘来了一对小䴙䴘。小䴙䴘在池塘边的芦苇丛筑巢。天泛白，它们一起出来潜水、游泳，一起吃食。翌年初夏，又多了五只幼小的小䴙䴘。小家伙绒毛灰黑，趴在父母的背脊上，神气活现地出游。父母的脊背成了它们的私家豪华游艇。“嘁嘁嘁，嘁嘁嘁”，它们愉快地轻叫，似乎在说：世界太辽阔了，我们一起快快长大，周游世界。初夏过了，池塘也没了它们的踪影。到了立冬时节，小䴙䴘又来了一对。我不知道是不是去年的那一对。我站在河堤上，往水中扔一粒小石子，“咕咚”一声，惊出一圈水波。小䴙䴘啪啪啪，撒开脚蹼，拍起翅膀，贴着水面，呼噜噜，躲入芦苇丛，或潜入水中。我看着它们潜下去，却再也看不到它们从水中露头。隔了好一会儿(大约一刻钟)，它们从芦荪丛游出来，又是一副悠闲快活、与世无争的样子。小䴙䴘每年在立冬前后几天来，在翌年清明前后飞走。飞走的时候，已是一个小家族。但我从没见过它们是怎么来的，又是怎么走的。它们与一个池塘，有了相守冬季的约定。

有时，我想，池塘在没有成为池塘之前，是农田，种油菜，种稻谷，种棉花，给予人饱食和温暖。它仅仅是一块田，和所有的田一样，限于粮收。池塘虽无粮收，被人荒弃，却成了小䴙䴘的繁殖之地，足够容纳它们和睦的一家子，那么，池塘就有了无可取代的生物学价值。这是池塘的幸运。也是小䴙䴘的幸运。人谋食取材之地太多，可掠夺的地方，都被人掠夺了，小䴙䴘找一个容身之地何其困难。

洪水每年都会来。洪水来一次，又把河里的鱼冲进来。池塘里的鱼,也会被冲走。洪水退了,鱼便再也出不去。有的鱼,从第一年进来,就没出去过。我不知道,鱼是不是有记忆力。在池塘生活多年的鱼,会不会忘记了河流的湍急与平缓,忘记了自己曾击浪搏水,像河中的勇士,跃过礁滩跃过高高的水坝,追寻河的源头。池塘没有浪,没有水流。但池塘四季不枯竭,维持着高水位——河水渗透了地下砂层,给池塘补充了水。芦荪和莲荷枯死之后,完全腐烂,给鱼提供了腐殖物和浮游生物。鱼,成了水中的王维,成了世外桃源的隐士。

有一次,我突发奇想,干了一件让自己觉得很有意思的事。我从浙江一个鲵养殖场,买了十条小鲵,装在雪碧瓶里,带回来,投放在池塘里。我再三问养殖场专家,小鲵会在自然的环境中存活吗?专家以绝对保证的口吻说,水质无污染,又无人干扰,小鲵存活没任何问题。他还语重心长地说:"鲵长五年才会繁殖,你要有耐性等。"我便盼着鲵安然无恙,可以存活,繁殖很多的小鲵。

过了两年,我又为这事内疚起来。鲵是两栖动物,爬来爬去且不说,池塘里捕食鲵的动物太多了,如蛇,如小䴙䴘。鲵即使逃脱了蛇口,也难以逃脱小䴙䴘的"鸭嘴"。

河里,以前有很多物种,现在不见踪影了,或者说灭绝了。仅我所见的水獭、河鳗、石斑、鳜鱼,已二十余年不见了。这些以水为生的物种,对水质的要求特别高。生活排水和农药残留,严重污染了河流,使它们失去了生存的环境。池塘里的水,经过了砂层的过滤,完全可以放养河鳗、石斑。

回到上饶市，我找到一个在信江河捕鱼为生的人。我对捕鱼人说，你有河鳗，打电话给我，一定要卖给我。他说，一年也抓不到两条河鳗，太稀少了。

等了一年多，才等到卖鱼人电话：二百八十块钱一斤，有两条，三斤多重，明天早上你七点半在菜市口等。我请了一天假，买了河鳗连忙赶路回老家。两条合计三斤多重的河鳗，我有三十多年没见过了。天佑它，千万不能死了。河鳗虽是鱼，却很像花水蛇，白斑绕黑斑，修长俊美。河鳗吃小鱼小虾，吃浮游虫卵，在淤泥藏身。

河鳗放养了一年，我也没见过它，也不知道它死活。生死由命吧。大约隔了一年多，我和邻居在河边溜达，他说他儿子用地笼（地笼是一种网式渔具）网上了一条河鳗，清蒸吃了，真是鲜，胶原蛋白裹嘴巴。我问，河鳗有多重，他说，三两多重。我悬起来的心落了地——我担心他吃下的河鳗，是我放养的。放养河鳗，和放养鲩一样，我不会对任何人说。我想在池塘繁殖无害的物种，让它们在饶北河再次繁殖起来。甚至，我想过在池塘里，放养大闸蟹和白水虾，但小䴙䴘会来越冬，它们存活的机会不大，我又打消了这个想法。我不可能为了放养虾蟹，把小䴙䴘赶走。

七八年了，池塘也没干过——水只有漫过了塘堤才会外流。池塘里有多少鱼，有多大的鱼，无人知道。电鱼的人也不会去，水太深，电不了。芦苇包围了池塘。沙柳半边的树冠，斜在塘面上。

2019 年夏秋，郑坊盆地自 7 月 7 日下了一场小雨，便一直干旱，到了11月20日，才迎来大雨。饶北河近乎干涸。池塘越来越干，到了10月下旬，露出了淤泥。淤泥晒白了。污泥上，横陈着很多鱼，有鲩鱼，有鲤鱼，有鲫鱼。最长的鲩鱼，有半米多长。曾经的天堂，成了鱼的地狱。它们无处可退，四边是沙壁石壁。鱼连挣扎的余地都没有。它们不会想到池塘也干涸得如此彻底。它们滚着泥浆，翕动着嘴巴，最后和淤泥一起干裂，被鸟啄食。雨水来得太晚了。雨水对死鱼来说，没有任何意义。

雨水带来了冬季，冬雨最终注满了池塘。又一年的洪水接踵而至。芦荪和莲荷比往年更肥厚了。

很惋惜的是，在星月之夜，我没有去过野池塘。那会是另一番景象：星星如玉珠倾泻，月光如梦境游离。那样的话，野池塘成了大地观察者的心像。

松鼠席坐而食

嗖，嗖，嗖，一条灰黑的影子从这株竹杪，滑翔到另一株竹杪。竹杪沙沙沙，落下几片枯白的叶子。被突然滑翔的影子惊了一下，我抬头望着竹杪，找那条影子，除了茂密的竹叶，什么也没看到。我继续捡笋衣。

2017年冬，我请师傅给我酿了三百斤高粱烧，封缸那天，我问我爸："用什么封缸好呢？是用纱布还是用棕衣？"用什么东西封缸口，决定了酒封存的品质。我爸的酒龄过了七十年，他比我懂。我爸说："用笋壳叶封最好。"笋壳叶即春笋自动脱落的笋衣。我提了一个扁篮，去竹林捡笋衣。

竹林在生子山。生子山是一座矮山冈，如竖起来的鸡蛋。南边山坡有一块坟地，葬了多少个坟，也没数过。半个山坡全是坟，地里的芋头一样，密密集集。昌林的爸在生子山建了土房之后，觉得坟露在山边，太难看了，又阴森恐怖，便在一块茅草地里，栽下了两根毛竹。于是有了一片翠竹林。

这是我第一次进这片竹林。竹子长起来之后，灌木和茅草也不长了，坟没了草根涵养，雨水冲刷了泥土，坟塌陷了下去。我捡巴掌宽的棕色笋衣，塞进扁篮里。我感觉到有东西在竹杪上动，竹叶沙沙响。我抬头望望竹杪，没看到动物。我继续捡，竹杪还是在晃动。我摇了摇竹子，没有鸟飞出来。冬天不会有蛇，也不是风吹动，是什么在动着竹杪呢？过了好一会儿，竹杪没了声响。我从土坡往下跳，落在一块番薯地上时，一条拖着长尾巴的影子，从竹杪上滑翔下来，落在低处的乌桕树上。这突如其来的飞影，再次吓了我一大跳。

乌桕树落光了叶子，枝丫光溜溜，影子露出了真身——原来是一只松鼠，蹲在枝丫的杈口，芦毛掸子一样的尾巴高高翘起，体毛蓬松，腹部淡赤，背部枯松毛色，眼睛圆溜溜，俏皮地看着我。我露出了笑容——真是出其不意，在竹林里发现了红腹松鼠。不要去想象一片树林、一处荒滩、一面草坡、一口山塘、一截河流，会有什么动物和植物在生活。因为动物植物的多样性，比人的想象还丰富。在较为普遍又偏僻的地方，我们进入其中，往往会有“奇遇”。

放下扁篮，我又进入竹林，察看地面。地面铺了厚厚的灰白色竹叶。竹子从初秋至初春，旧叶脱色，变得焦黄、麻白，然后随风脱落，等春风欢愉，换上青绿的新叶。我在竹叶上，看见了零零星星的动物体物，豌豆一般大，浅白浅黑，丸子状。我捡了十几粒体物，包在笋壳叶里，带回家，灌入玻璃药瓶。我不知道这是不是红腹松鼠的体物。

红腹松鼠又称赤腹松鼠，在我们郑坊一带，俗称吊米老鼠、山吊鼠。在我的认知里，以为红腹松鼠只吃松仁、山毛榉子、野板栗子、榛子、苦槠子等坚果，其实，这是误解。乡村孩子的认知，有很大一部分，受地域生活的影响，并形成固定的观念。我的误解也是如此。后山原有大片松林，我们去松林搂松毛、砍松枝，当柴火烧。松林里常见松鼠，咕嘟咕嘟咕嘟，趴在树上叫。它坐在松枝上，掰松果，啃松仁吃。有一年，我去绩溪中学参观，松鼠在校园高大的树上，精灵一样跳来跳去，尽情嬉戏。我问门房工人："松鼠一直生活在校园吗？哪有那么多坚果给它吃呢？"工人答："吃橘子，吃松仁，吃饭粒，吃花生，它吃的东西可多了。"我暗笑自己真傻，坚果不出产了，难道松鼠饿死不成？

我的后院有一棵石榴树，挨着墙边生长。石榴树很易栽，在乱石缝掏一个泥洞，苗根捂上土，踩结实，浇三次水，树活了。石榴长得快，枝叶婆娑。我每年把横枝砍掉，过半个月，刺节又簇发蓬勃新枝。横枝越砍，挂果越多。石榴灌浆之后，皮霞红色，看着就舒服。希腊诗人奥迪塞乌斯·埃利蒂斯，是一个我十分赞赏的诗人，他写过《疯狂的石榴树》（袁可嘉译）。末尾一节，诗人是这样写的：

在四月初春的裙子和八月中旬的蝉声中，
告诉我，那个欢跳的她，狂怒的她，诱人的她，

那驱逐一切恶意的黑色的、邪恶的阴影的人儿，
把晕头转向的鸟倾泻在太阳胸脯上的人儿，
告诉我，在万物的怀里，在读者最深沉的梦乡里，
展开翅膀的她，就是那疯狂的石榴树吗？

种过石榴的人，会更深领悟到石榴树的“疯狂”——没有比这个词更精准的了。8月石榴红熟，清早坐在三楼的外阳台，我拿一本书翻翻，是一件惬意的事。书还没翻开，或我仅仅在享受凉风吹送的时候，红腹松鼠来了。它嗦噜噜地从杂货间晒台上溜过来，伸起前足，跃起身子，跳过台阶，落在石榴树的树杈上。它迅速在树上溜一圈，吱吱吱，叫几声，坐在某一根枝条上，前足抱住滚圆的石榴，探出嘴巴，啃断果蒂，抱在胸前。它好奇地翻转着石榴，似乎在找一个下口的地方。

在太阳还没上山之前，它便来到了院子，啃石榴吃。它爱吃带壳的果实。它来得太早，我还没起床。我妈早起烧早餐，见了几次红腹松鼠吃石榴，告诉我，说：“吊米老鼠太爱吃石榴了，每天早上来吃。”天麻麻亮，鹧鸪叫了，我悄无声息地坐在阳台，边喝温水边翻书，等山上来客。它非常细心地啃石榴，臼齿磕得嘟嘟响。它鼻骨粗短，眶间宽，使得它整个脸型看起来向内收缩，门额向两边拉宽。吃石榴的时候，红腹松鼠的嘴巴像两块齿轮，一张一合，匀速地啃，眉纹往上拉动。

有时来一只，有时来两只，最多时来过五只。丰盛的早餐，足

够它付出美好的辰光。啃一个石榴，红腹松鼠得花费一个多小时。

石榴太多了，压翻了枝条。枝丫横过了厨房的屋顶，还有一部分横出了围墙。我粗粗清点了一下，果熟时，约有一百三十多个石榴。我大哥看到红腹松鼠吃石榴，便说，石榴不要摘了，留给它们吃吧。一树的石榴，一直挂在树上，一日少一个或几个，到了立冬时节，树叶一片不剩，枝丫上还零星挂着石榴。石榴出现了斑斑点点，成了麻灰色。红腹松鼠再也不来了。

院子离山边，差不多有两百米。石榴树在柚子树、枣树、枇杷树中间，但石榴散发糖的气味，躲不过红腹松鼠的鼻子。它的嗅觉太灵敏。有很多动物，有着惊人的嗅觉，如北极熊、鬣狗、狼、乌鸦、蛇、蜜蜂、蚂蚁等。鲜血、腐肉、糖分、鱼腥，深深地吸引着不同类型的动物。

在盆地，红腹松鼠分布非常广泛，可以说，有树的地方，就有红腹松鼠。它是树栖动物。在竹林，在灌木林，在杉木林，在马尾松林，在油茶林，都可以见到它的身影。即使在河边的枫杨林，也有人见到它在树上跳跃。

竹林下，有五户人家和枫林小学。老松是其中一户，他以做手工面条为生。面是土面，品相粗糙，价格便宜。但面好吃。面下锅焯水三分钟，即软熟，筋道也不错。我吃的面，大多出自他的手。他老婆是兰溪人，是村里最勤劳的妇人，开一辆电动三轮车拉货卖，还种一家人吃食。老鼠爱吃面，让老松烦死。他买来老鼠笼，笼钩上吊一颗花生，捕捉老鼠。关了几次老鼠，老鼠不再上钩了，除非换个笼子。花生被红腹松鼠吃了。红腹松鼠关在笼子里，却不惊慌，前足撑在笼铁丝网，卷尾巴搭在背上，好奇地看着来提笼的人。

关一次，老松放一次。老松对着红腹松鼠说，你怎么这样笨乎乎的呢，关了还要来吃，太贪吃了。红腹松鼠哪会听他的话呢？吱吱吱，叫几声，跑了。

老松跟我说这件事，我笑喷了。我不知道是红腹松鼠笨乎乎还是老松笨乎乎。红腹松鼠与人亲近。听了老松这样说，我也去买老鼠笼，勾一个花生，放在竹林里。我每天上午去收一次笼，连续去了五天，也没见到一只红腹松鼠关在笼子里，山鼠倒抓了一只。咯咯咯，山鼠刚硬的牙齿咬着铁丝，一副穷凶极恶的样子。

正权也住在竹林下。我问他，吊米老鼠去过你家吗？他睁大了眼睛，望着我，说："那个东西太聪明了，不是一般的聪明。"他家三楼，有一扇窗户，依山而开，没有安装窗玻璃，也不住人，日常放一些零散的吃食，如苹果、橘子、柚子、梨、椪柑等鲜果，也放花生、核桃、松仁、桂圆等干果。吃食放在一个大圆匾里，谁吃谁拿。住在山边头几年，吃食没人吃，也变少了，他感到有些莫名其妙。他见地上有很多和老鼠屎一样的污物。该死的老鼠，上楼偷吃了。他关了房门。可吃食还是变少了，污物又有了。他想不明白是哪种动物进来偷食。一次，他在三楼另一个房间收拾东西，看见红腹松鼠从竹杪上，滑翔过十米远，越过窗户，稳稳地落在圆匾上，像一根梭镖一样。正权说，它要吃就吃吧，那个房间空着，管它们怎么闹。据生子山的一个妇人说,她还看过松鼠舔松脂吃。松树受了刀伤,刀口会流松脂,汁液非常缓慢地往下淌,风干后凝结如琥珀。松脂芳香四溢,松鼠坐在枝丫上贪婪地舔舐。听了她这么说,我去山上找松脂尝,微甜但涩。

红腹松鼠吃了我几年的石榴,我却不知道它的窝在哪里。我决心去找它的窝。我穿上高筒雨鞋(防蛇),找了一根竹棍,上竹林去了。树栖动物的窝,必在树上。竹林一带的山坡,范围约半平方公里,除了毛竹,还有高大乔木:一棵紫叶李、七棵黄松、四棵泡桐、两棵香樟、三棵香椿、一棵乌桕、两棵板栗。主要灌木有橘子树和油茶树,各有百余棵。每一棵毛竹和高大乔木,我都仔细察看。我主要是检查树上是否有树洞,和树上的鸟巢或其他动物巢穴。红腹松鼠筑窝一般会占用大的鸟巢,或自己在大树丫上搭窝栖身。大的树洞,也是它理想的居所。松鼠还有一个非常特别的习性:抓树皮筑巢穴。树干上的某一个部位,树皮被抓得稀烂,纤维被撕扯,那么松鼠自己营建的巢穴,一定在附近的某一棵树上。

在山坡察看了半天,我做了记录:毛竹林,发现了三只酒碗大的鸟窝,鸟窝以干草丝、羽毛、布条为营巢材料;菜地边的一棵松树有一块长条树皮被抓烂;小学右侧的泡桐有一只柴枝搭建的大鸟窝;一棵从野坟长出来的香椿树上,有一只柴枝搭建的大鸟窝;乌桕树有两只小鸟窝;竹林背后的一棵香樟树有一个碗大的树洞。树洞很浅,也无草屑,不像有动物在里面安家,即使有,也只能是蛇了。小鸟窝不会成为红腹松鼠的巢穴,太小,容不下它的身子。那两只大鸟窝，很可能是红腹松鼠的窝了。一只大鸟窝，睡三四只红腹松鼠，还是宽松的。察看之后，我确定松树侧边的一棵油茶树上，以松树皮、树枝、枯草营建的巢穴，是红腹松鼠的窝。

红腹松鼠是群体性活动的动物，爱嬉闹，觅食时才有可能单独活动。第二天早上，我早早站在小学侧边的乌桕树下，看泡桐树上的喜鹊窝，等了半个来小时，红腹松鼠从鸟窝里溜下身子，顺着树干往下跑，一共跑出三只，往橘子林溜去。

生子山有比较大的红腹松鼠群体，不可能只有一个窝。其他巢穴藏在更隐蔽的地方。我想，可能在山上石崖。在无高大树木的地方，红腹松鼠选择在高处石崖，利用石缝或石洞作为巢穴。这种筑窝的习性，和岩鹰、灰乌鸫、草鸮，有很大的相似之处。红腹松鼠还会利用啄木鸟、布谷等鸟类弃用在树洞里的巢穴作为自己的卧榻。这一片山坡，不会有啄木鸟和布谷，因为我在五年之内，没听过它们的叫声。

松子、毛栗子、柏树子、核桃、青冈子、榛子、榆树子、黄栌子等，都是红腹松鼠爱吃的食物。生子山有松树和山毛榉。山坞有很多山毛榉。我翻过茅草浓密的山梁，在油茶树林之下的山边，山毛榉一蓬蓬地长。此时正是坚果成熟时，皮黄肉脆。我坐在一棵高大的泡桐树下抽烟。我只需要等待。等了一下午，什么也没等到。

山毛榉多，应该有松鼠。我连续去，去一次，至少等两小时。第四天下午，在油桐树下，等了一个多小时，一只环颈雉从一棵棕树下转过来，在山毛榉落叶堆里，撒开脚刨食。树叶下，有一小堆坚果，那是黄灿灿的山毛榉子。一只红腹松鼠从山毛榉底下钻出来，翘起尾巴，竖着耳朵，发出“吱吱吱”的警告声，勇猛地扑向环颈雉。环颈雉“咯咯咯”叫着，跑进了山蕨丛里。这是红腹松鼠藏“冬粮”的地方，它的“冬粮”谁也不能动。松鼠爱藏粮，会选择不同类型的食物，分别藏在树上、地下。红腹松鼠把猕猴桃、八月炸、野山柿等易腐烂的浆果，藏在树皮缝隙或卡在树丫风干，而毛栗子、核桃、松果、山楂等藏在地下。它刨浅坑藏食物，茅草遮一下。它围着浅坑走一圈，想想，觉得藏的不是个好地方，又刨食物出来，选另一个地方刨浅坑，遮上杂草枯叶，四处张望几眼，悄悄溜走。

山坞里，有十三棵高大的泡桐。我数了数，泡桐树上有三个大鸟巢。红腹松鼠不会浪费这些鸟巢。

2018年夏天，我妈买来八只小鸡、两只小鸭，放在后院养。有一天早上，我妈看见地上有凌乱的小鸡毛，连忙打开鸡笼，清点小鸡仔，少了两只。笼门用一块砖压了，砖没倒，小鸡仔怎么会少了呢？我妈提起鸡笼，发现笼舍后面的竹篾被捣破了。“该死的黄鼠狼，谁还有这么大胆，干偷鸡贼的事。”我爸说。我爸把鸡笼靠在墙边，用木板盖在笼顶，压了四个砖块，拍拍手，说：“看你这个偷鸡贼，还有什么办法偷吃。”

过了半个月，小鸡仔又少了两只。我妈心疼，说：“养两只鸡就这么难，抱两只大公鹅来养，防偷鸡贼。”一只鹅一百块，我爸付钱给卖鹅人，还嘀咕：“鸡没吃上，花去了半年的酒钱。”第七天晚上，半夜了，鹅“嘎嘎嘎”叫了起来，我爸拉开灯，来不及穿鞋子，跑到院子里，看见两只大公鹅在啄一只松鼠。大公鹅的嘴巴如剁刀，噼噼啪啪，一阵狂啄。松鼠“吱吱吱吱”叫，滚在地上，扭动身子，溜身跑，可松鼠尾巴被鹅掌死死踩着不放。鹅啄了十几分钟，大松鼠的头被啄烂了，血肉模糊。我爸拿着火钳夹着滴血的松鼠，对着松鼠说：“老兄啊，哪知道是你来偷食呢，知道是你吃鸡仔，我就不养大鹅公了。”

我看过松鼠偷捕雏鸟。有一次在坪上，我去挖藠头，看着红腹松鼠快速爬上构树，趁亲鸟外出觅食，它叼着一只幼树鹊，飞快逃离，偷捕过程不足半分钟。它一跳一纵，上了棕树，坐在敞篷形树顶，抱着幼鸟啃食，满嘴绒毛。

其实，红腹松鼠与人亲近。它不畏惧人。人追赶它，它翘起刨花一样的长尾巴，拱着身子跑；人停下脚步，它也停下脚步，回过身子，瞪着乌黑黑的眼睛，对人笑，嘴角须毛张起来，露出两颗白牙。笸箩搁在晒台上晒花生，它坐在笸箩边，尾巴垂下晒台，很细心地剥花生吃，像寺庙里的小沙弥。

院子里，石榴树结果两个多月了，有鸡蛋大，再过两个月，石榴灌浆了，少女脸颊一样红扑扑的果皮，令人垂涎，也令红腹松鼠垂涎。那个时候，它会天天来到树上，卷着尾巴，坐下来，慢慢品尝，像一个斯文的客人。

宽鳍鱲之殇

绵雨之日，我坐在二楼看美国作家蕾切尔·卡森的《寂静的春天》，雨哗哗哗，溅在窗台上，水珠在窗玻璃形成一个仿若星空的图案。我看不下去书，文字如河面的水浪，在汹涌。我出现了长久的幻觉：河水拍溅，一群群宽鳍鱲在砾石铺就的水滩，迎着湍急的水浪，激烈地斗水。鱼群跃过砾石，跃过窄窄的水流，跳出白花花的水面……它们是那么快乐、顽皮，如雨中翻飞的燕子。我再也坐不住了，穿上雨鞋和雨披，去了河滩。暴雨如注，河浪翻滚，密集的雨线遮蔽了河面。没有看到鱼群，也没有看到小鹛鹛，我怅然若失，看着河水卷起棘柳，褐河乌迎浪而飞。

宽鳍鱲是饶北河鳞花纹最美的鱼，也是最鲜美的鱼。去郑坊集市买鱼，十之八九的人，往鱼篓溜一眼，抖一抖篾丝鱼篓，颇觉失望地说："怎么没有红光头呢？"卖鱼的人抱着一杆秤，说："这个时间来，哪还有红光头卖，一天也就抓那么一斤多，饭馆的人早收走了，连带白鱼一起收。"

有一次，我也不看鱼篓，故意问卖鱼人："篓里还有宽鳍鱲和红鲌吗？"卖鱼人蒙蒙地看着我，不知道我说什么。他问我："宽鳍鱲是什么东西？是竹器吗？"我说："是鱼，饶北河里的鱼。"卖鱼人把头摇得像个拨浪鼓，说："我打了几十年的鱼，从来没听说过这两种鱼。"我故意问："那饶北河最好吃的鲜鱼是什么？"卖鱼人说："以前是花鳗，花鳗绝了，红光头当然是最好吃的鱼了。"我说："红光头有多少，我买多少。"卖鱼人说："哪还留得着红光头？"我说："那来一斤白条吧，白条应该有吧。"卖鱼人从鱼篓抄上白条，放在秤盘里，说："其实也不用称，十条也就差不多有一斤，多给你一条，足够斤两。"

红光头比白鱼一斤贵三块钱，白鱼比白条一斤贵三块钱，白条比鲩鱼一斤贵三块钱，鲩鱼比鲤鱼一斤贵三块钱，鲤鱼比白鲢一斤贵三块钱。白鲢和菠菜等价。

在郑坊、华坛山，问三岁小孩，也知道红光头是什么。问一百个人，也无人知道宽鳍鱲是什么。去年8月，我的同学姜永红请我在华坛山一家餐馆吃饭，约了几个老同学一起，吃河鲜。红烧红光头端上桌，我问他们，红光头的学名叫什么。没一个人知道。

红光头就是宽鳍鱲，白鱼就是红鲌。红光头、白鱼，可谓尽人皆知，而宽鳍鱲、红鲌，无人知晓。在外久了的郑坊人，最想吃的菜，可能就是红烧宽鳍鱲了。

宽鳍鱲属鲤科、鱲属。鱲属有四个种：尖鳍鱲（又称成都鱲鱲）、粗首鱲、平颌鱲（又称宽鳍鱲）、台湾鱲。宽鳍鱲孵卵时，体侧两边细鳞转红，珠星闪闪，游在水中，艳若三月桃花，因此又称桃花鱼。在饶北河一带，被称作红光头，也是因为它在孵卵期，满身闪着耀眼的红光。宽鳍鱲体色鲜艳，背部黑灰色，腹部银白，体侧有黑中透出浅青色的垂直条纹，条纹之间有粉红色斑点，腹鳍淡红色，胸鳍间杂着黑色斑点，背鳍和尾鳍灰色，体长侧扁腹圆背厚，头短吻钝唇厚眼小。它生活在湍急的河流中，尤其喜欢在山溪安度一生。

捕鱼人以长条形地笼，放在临近岸边的深水，坐等鱼虾钻进网笼。深水静流，宽鳍鱲几乎不去没有水浪的地方。钻进网笼的，大多是鲫鱼、泥鳅、白条、鲶鱼、乌鲤。深水下，淤泥多，鲶鱼、乌鲤喜欢这样的地方。

在我二十岁之前，饶北河较深，最浅的河段在夏季也有没膝深。在鱼孵卵的季节，从信江洄游上来的鲩鱼、鲤鱼和鲫鱼，像乌鸦群飞过来一样，乌黑黑拥挤在水草茂密的地方。坐在河埠头，把脚伸进水里，白虾、白条围着脚，吃皮屑。钓鱼也很简单，一根麻线系上拧弯了的大头针，在针头穿饭粒或小虫，垂直落在水下筷子深，白条射过来，吞食饵食，拖着麻线走。手腕往上一抖，把麻线提上来，放进小木桶。河里，什么鱼都很多。宽鳍鱲更多，在湍急的浅滩，远远的，我们就能听到它们尾巴击打水浪的声音：啪啪啪，啪啪啪。我们用长长的桂竹竿，拍打水，宽鳍鱲蹦跳起来，几十条鱼同时跳。我们把鱼驱赶到河岸的浅水处，它惊慌失措，扇起细细的水花。这是我们很喜欢玩的戏鱼。

暴雨来临，排田水的水沟变成了小溪，急切的水流狂泻，冲入饶北河。宽鳍鱲和马口鱼以最快的速度，斗水上来。我家门前有一条水沟，水流量很大，溢出沟口，在路面横流。再大的暴雨，孩童也不怕，光着脚，提一个篮子，到路上捡鱼。鱼两指宽，小筷子长，蹦跳得很激烈，孩童追着鱼抓，一脚踩翻，跌倒在地，篮子也翻了，鱼游回到水沟里。

有一种十分简单的捕宽鳍鱲的方法，非常管用。在水流湍急的河道，固定一块长方形的竹匾，竹匾三个边，压实稻草或树枝，敞开一个边对着泄水口，宽鳍鱲在退水的时候，推进了竹匾里。竹匾有篾缝，不储水，活水又源源不断地流进来，宽鳍鱲游不动身子，蹦跳不了，便一直留在竹匾里。这个方法，有一个很形象的名称，叫架场，就是把鱼场架空，鱼落不下水。这是我在大山区看到的。大山区有一条约十米宽的河，河水终年奔腾不息，河鱼非常多，以宽鳍鱲、马口鱼、鲫鱼、白条为多。一个人用捞饭的筲箕套在狭窄的河道处，另一个人从河道往下跑，鱼忽溜溜跑进筲箕，把筲箕抬起来，鱼蹦跳。同学嫌筲箕太小，还得花费两个人，不如架场。他劈毛竹，竹片两指宽，用藤条扎得结结实实，制作好了。在水湍急的地方，河石堆出一个倒喇叭形出水口，竹匾搁在出水口石头上，和水面保持着不高的距离，四角压一个圆石，三边围上稻草，压上沙石，场架好了。第二天早上我们去收鱼，收满满一竹篮子。

架场捕溪鱼，在饶北河，我没有见过。

1992 年，华坛山镇在河上游建了一个萤石选矿厂，从萤石原矿中,提炼粗矿。选厂排出的废水,直接灌入饶北河。废水含有硫化物,灭绝了鱼虾,螺蛳也死绝。人也不敢下河。河水浸泡了人的皮肤,皮肤会溃烂。有一次,一个外地拉货司机,看见饶北河的水清幽幽,把车子停下来,下河游泳。他说,他很少看到这么清澈的河水。游泳上来,他全身长出了红斑,瘙痒无比。他不知道河水里有硫化物。河成了一条死亡之河。华坛山镇下游的几个村有人不断上访,上访了五六年,也无人解决。

1996年,处于饶北河源头的望仙乡开发灵山北山的花岗岩,磨浮的废水不经任何处理,直接排入河中,大量的粉尘沉在河床。河水带着粉尘,一路污染,流入百里之外的信江。河水变成了米汤一样的白色。河水灌溉农田,农田板结,粮食减产。在白山底,临近河滩的一畈田,被迫改种蔬菜、高粱。

二十一世纪初,上饶市以地方立法的形式,保护灵山自然环境,关停了所有污染厂矿。惨痛的十年,饶北河遭受灭顶之灾。金钱让少数人灭绝人性,丧失良知。饶北河为什么会有惨痛的十年?仅仅是金钱的原因吗? 也不尽是。在读奥尔多·利奥波德的《沙乡年鉴》时,我就想,为什么我们身边有那么一小撮的人,对大自然丧尽天良呢?

我们的祖辈、父辈,我们自己,以及孩子,一代代的人,(除了法律因素外)很少得到过良好的自然哲学启蒙,缺乏自然主义精神,以至于我们没有自然的伦理观,对自然缺乏深深的敬畏。二十年前,是这样的通行法则:牺牲自然,获得肉身的暂时饱和。

环境学家在考察饶北河污染之后，说，恢复清洁的河流，至少需要二十年，甚至五十年。这意味着，一代人看不到清洁的河流。

宽鳍鱲没有洄游的习性，所以，生活在信江其他支流的宽鳍鱲不会来到饶北河，即使有，数量也少得可怜。饶北河里，不洄游的鱼，都面临物种灭绝的危险。

有一种鱼，生活在砾石与沙子的缝隙中，鱼的体型和长度、颜色，和壁虎差不多，前段近圆筒形，向后渐侧扁，头大平扁，颊部突出。在方言中，我们叫它鸡屎夹鱼——因体色如鸡屎而得名。这种鱼，与河鳗、大鲵、水獭、青螺等动物一样，对水质要求非常苛刻。十年之内，这五个物种在饶北河彻底灭绝。我找了资料，查鸡屎夹鱼是什么鱼，无功而返。直到2018年，在《中国南方淡水鱼类原色图鉴》查出鸡屎夹鱼的学名：中华沙塘鳢。中华沙塘鳢灭绝的主要原因是无处孵卵——它把卵孵在河蚌内，而河蚌被硫化物毒灭了。

宽鳍鱲对生存环境的要求十分严苛。除了需要清洁的水源之外，它还需要三个条件：有湍急的流水，河底有砂层，河床有鹅卵石和砾石。在二十世纪九十年代，修筑河道已把饶北河里的沙子取尽了，河滩都被挖完了。宽鳍鱲虽没有灭绝，但数量急剧减少。

想吃一盘红烧宽鳍鱲，多么难啊。河里少鱼，方圆二十里之内，无大型水库，所以，郑坊无鱼可吃。上餐桌的鱼，大多来自浙江衢州，或鄱阳湖。以前，家里来客人，叫孩子拿个箢箕，去一趟河里，要不了一个小时，捉上两大盘宽鳍鱲、马口鱼。去捉鱼和去菜地摘辣椒一样方便。

乡人去捉鱼，并不捉多，一般捉一斤、两斤，够一家人吃两餐就可以，第二天要吃了，再去捉。孩子捉鱼捉多了，大人还会教导几句："鱼是一道吃食，也是一种生灵，生灵有命，吃不完就浪费了。浪费了的鱼也就枉死了。"鱼是不能浪费的，没有烧的鱼晒了鱼干，或者泡在熟油里。乡人懂得朴素的自然哲学：鱼供人所食，也需延绵繁衍生息。

宽鳍鱲肉质鲜美，鱼刺少，口感细嫩。下厨的人，哪个都可以烧一盘好鱼出来。

在我成家之后，我买鱼，只找一个灵溪妇人买。她老公以在信江河捕鱼为生。她骑一辆电瓶车，载两个大水箱，骑十余里的公路来到八角塘菜市场。我要买鱼了，早早在她摊点等。我帮她一起搬水箱。我把宽鳍鱲、马口鱼挑出来，装在一个单独的脸盆里。信江河里，这两种鱼也不多，她每次带来，也只有两三斤。我便全部买走。她没有门店，常被城管驱赶，她在五三菜场、胜利菜场、东都菜场、八角塘菜场游击式卖鱼。去买鱼之前，我给她打电话，问她在哪个菜场。但她很少接到电话。打十次，她也接不上一次，我不再打电话，一个一个菜场找过去。

非常谦虚地说，我烧宽鳍鱲绝对美味。鲜鱼剖腹洗净，少量细盐抹鱼身，沥水半小时，锅烧红，适量茶油入锅，盐在热油中抹锅底面，姜粒入锅，鱼入锅摊平，火改中火，煎两分钟，适量绍兴老酒浇鱼面，鱼再翻身煎，放大蒜粒，放辣椒干，煎两分钟，添加老抽少量，放青椒丝，改大火，添适量水，鱼煸出两面深黄，汤汁浓稠了，出锅即食。

宽鳍鱲属于体型较小的鱼，一般所谓的大鱼，也只有一两多重。我没见过三两重的宽鳍鱲。它主要以藻类、浮游昆虫及虫卵、小鱼为食物，群体生活，也和马口鱼一起结群。

镇里有钓鱼爱好者，经常在丰收坝钓鱼，钓上的鱼，大多是鲩鱼、鲫鱼、鲶鱼、白条、翘白等。他们钓鱼，我也去看过几次。我有一个同学，在小学教书，算是超级钓鱼爱好者，每天放了学，去河里钓鱼。我问他："你钓上过红光头吗？"

"钓得到红光头，我还钓鲫鱼干什么。"他翘着嘴巴说。

我问过很多的钓鱼人，他们都没钓到过。我同学说得干脆："红光头太聪明，从来不上钩。"我说："你不研究红光头的习性，当然钓不上它了，河里哪有笨的鱼呢？"

十几年前，我也是超级钓鱼爱好者，休息日、节假日大多在溪流水库边度过。我也是钓宽鳍鱲的高手。我自制鱼饵。钓宽鳍鱲有很多细节上的秘诀——秘诀我不说了。

我回到枫林，紧要事便是给村里捕鱼人打电话，问："明天有红光头，给我留着。"大多时候是没有，即使有，也只有几条，和白条凑合一盘。洪水暴发一次，饶北河被淘洗得更干净一次。历经十五年恢复，河里的鱼又渐渐多了起来。而毒鱼事件，仍然时常发生。投毒一次，河道十里内，鱼全死。戊戌年中秋节，又有人在河道毒鱼，捞鱼最多的人，捞了五百多斤。这次毒鱼，引起了民众公愤，有人报警和报告农渔业部门,可没一个单位来查。当地执法人员给村民在电话中回复:毒鱼这样的小案,没什么可查,村干部处理一下就可以。

有些人,对生命已完全麻木。对灭绝群体性生命行为无动于衷的人,和灭绝群体性生命的人,属于同一类,有肉身无人格。他们听不到动物对人的诅咒,如同苍天听不到人诅咒天灾。任何以非人道的方式对待动物的人,都是心灵扭曲的人,人格分裂,暗藏极度残忍冷酷的阴面,即使他表现出温和善良的面目,也是一种伪善。

鱼有水,而不能活,是鱼的悲哀,也是人的悲哀。

荒坡的灵魂

在初春的山冈，每一种植物犹如初洗，等待抽芽发叶，开花散枝；每一种鸟，等待孵卵育雏，发声振羽。即使是老乌桕树，树瘿如水桶，每一根树枝看似枯得干硬发黑，树皮皲裂，蚂蚁在皮缝里筑巢，灰树鹊搭建在树梢高处的鸟窝摇摇欲坠，只待春风一场，哪怕是冷飕飕的，乌桕树很快会变得枝叶婆娑。灰树鹊在枝丫，“嚯嚯，嚯嚯”，叫得动情、婉转、急切，即将成为伴侣的另一只，从另一棵树飞来，它们在山冈四周，低低地飞，抖着白斑片片的黑长尾，成双成对去衔细枝筑新巢。大地之上，多鸳侣。

荒坡作为山冈的南坡，在春分之时，给人迷失之感。山冈形状如抱窝的母鸡，满山油茶树，四季墨绿。在三十年前，这里松树如盖，远远可见。冈顶有一棵巨松，冠盖如席，似托起云层，又似盖住了整个山冈。从远处眺望，巨松巍峨，像手擎起绿色火炬，穿着墨绿大氅的自然之神。假如巨松的火炬可以点燃，那么巨松必将成为灯塔，照耀着盆地中行走的人。

4月,可去山冈捡拾蘑菇。松林里,草和矮灌木极少,地上是褐黄的松毛。松毛表层干燥,下层潮湿,人走在上面,松毛啪啪啪脆断,发出窸窸窣窣的声音。松软的脚感,在其他的林子里,难有体验。我们背一个扁篓采蘑菇。林子阴阴,阳光温软,铺在松冠,很稀少的阳光落在地上。野坟上,金樱子花惨白,花瓣如锡箔。蘑菇是松菇,长在松树腰部以下的树身上。蘑菇一朵一朵,如童话中的小圆伞。1982年冬,松林被砍了,野生的油茶树长了起来,成了油茶山。南坡却一直空着,被人垦出了菜地。在十五年前,菜地也荒芜了,长出了芭茅、杂树和藤萝。南坡成了荒坡。

荒坡无人踏足,被人遗忘,它属于另外一个陌生世界。要去荒坡的人,要么是捕鸟人,要么是野足的人。唯一例外的是,在清明日,有人挑一担箥箕,扛一把锄头,绑一把柴刀,给荒坡上的坟割割坟头草,堆两担泥,插一杆纸幡。我可能是唯一会经常去荒坡的人,四季去,年年去。

山边原先有一栋泥瓦房,泥墙木结构。在二十年前,因为白蚁蛀空了木柱,人不敢居住了,搬到了人烟稠密的村子里。泥瓦房便一直空着。泥墙是黄泥夯的,结实坚硬,锄头挖墙如挖石灰石,锄嘴硬生生折断。南方潮湿,山中草木兴盛,湿气尤重,木结构屋舍易滋生白蚁。白蚁蛀木心,无声无息,繁殖力强盛。住在屋子里的人,发现不了白蚁。白蚁如肉眼发现不了的阴魂。白蚁挖地下长长的隧道,沿着木柱挖,四通八达。等人发现柱石下每天落下麦麸一样的木齑粉,柱子已经完全内空了,一切都来不及了。白蚁把木质粉一粒一粒地蚕食，储藏在针孔大的肠胃，日夜不歇。把柱子的硬地挖开，白蚁一团团，蚁窠比箩筐大。白蚁像癌细胞一样扩散在每一根木柱里。

遗弃屋舍，是被迫的选择。白蚁、蜘蛛、壁虎、老鼠，成了屋子的主人。屋变得阴沉，似乎只适合它们居住。屋空了一年，厅堂里到处是老鼠洞，夯实的泥地完全松软。乌梢蛇从瓦缝顺着柱子溜下去，盘在柱石上。废弃的屋舍，成了乌梢蛇的宫廷，它成为这里最高的帝王，随时享用美餐。老鼠沦为地狱里待宰的死刑犯，被阴冷的恐怖气息笼罩，连吱声的勇气也没有。屋子里唯一的声音，是死亡前的沉默。沉默的力量，就是压制一切声音——谁发声，谁死亡。老鼠成了果腹之物，是一种必然。

当然，最热烈的，是春季的雨声。雨水在5月密集到来。瓦破碎，雨落进了屋子里，木柱开始腐烂，柱脚长了青苔。墙体因为雨水泡得太透了，太阳暴晒之后，慢慢开裂。蛛丝网一样的缝隙布满了墙面，逐年累月，缝隙被绷得更大，墙开始松垮。被风送来的芒籽，落在墙缝里，发芽生根，要不了三年，长出一蓬蓬。野草以顽强的生命力，占领了泥墙。墙根下，苔藓和络石以雨水密布的水线，葱葱郁郁。在某一个暴雨之夜，屋舍倒塌了。雨声过烈，屋子倒塌的声音被掩盖了。野草、藤萝、灌木，毫不客气地占领了颓垣——有泥土的地方，便是它们的久盛之地。当我们发现灌木在春日开出白花，才意识到，屋子已倒塌十余年，不免生出感慨：我们也该老了。

而白蚁早已被植物的根系所消化，成了树汁草汁的一部分。一间大屋，被白蚁和雨水所肢解，木柱经过白蚁，又还原回泥。白蚁的一生，活在黑暗之中，却长得白白胖胖，令我匪夷所思。它蛀木头蛀石灰蛀水泥，却蛀不了细细的根须。于根须而言，白蚁和牛粪羊粪鸡粪鸭粪差不多，随泥气被吸收。白蚁的集体消亡，让人生出怜悯之心：每一种生物的死亡，都是无辜的。

颓垣只剩下瓦砾和石砌的墙根。荒坡似乎也因此更为丰富。南边墙根下，长出了一棵紫李树。在春分前后，紫李树开满了花，白白的，映照了荒野。我问原屋主："这棵紫李树种了几年了？"他怔怔地望着我说："搬家之后，从没上山，哪会种紫李树。"紫李树树径约有二十厘米，约十余米高，树皮黝黑。北边墙根长了一棵柚子树。柚子树蓬勃葱郁，肥叶厚厚。柚子却从无人采摘。2018年暮秋，我看到满树的柚子，滚圆，金黄。我摘了一个，掰开吃，苦得牙齿生疼发酸。怎么有这么苦的水果呢？平生仅见。苦如黄连。鸟在树上嬉戏，却不吃。浆果，是鸟的挚爱。鸟也不吃的浆果，是糖分极低或没有糖分的浆果。但也有人摘它——感冒咳嗽半个月了，吃药打针无济于事，把苦柚炖冰糖，喝两次，便什么事也没有了。苦是一味不可代替的药。

长得最盛、旺（方言，旺即繁殖）得最快的，是毛竹。蒜叔是一个喜欢种树的人，他在自己垦出的菜地里，种了一对毛竹，过了十余年，竹子成林。竹林约有十几亩地，是山斑鸠的夜栖之所。野坟地和陡坡上，毛竹长得密匝匝，我想找个站的地方都很难。先前我并不知道，竹林里有山斑鸠。有一次，我问山下养蜂人，竹林有野鸡（环颈雉）吗？养蜂人说，野鸡没有，咕雕很多（咕雕即斑鸠）。斑鸠在日落后归巢。

在盆地，斑鸠和麻雀、苇莺一样，是十分常见的鸟。斑鸠性温和，与人为邻，常筑巢在农家窗台、房屋高处外墙洞，也在无人居住的（没有窗门）顶楼空房间等处，营建爱舍，育雏之后，弃巢而去。可我从没看过斑鸠是怎样夜宿的。当晚，我便打个强手电，去竹林，看斑鸠睡觉。

竹枝上，斑鸠站着，爪握着枝，脑袋斜着，耷拉在翅膀和脖颈之间，闭着眼，偶尔翻一下眼皮。这是山斑鸠睡觉的姿势。它是无巢的、站着睡觉的鸟。我看到的竹子，都有山斑鸠睡觉，有的一只，有的三只，最多的有五只。用强手电照它，它不动，眼睛看着灯光。它的眼睛琥珀一样迷人。用养蜂人的话说，竹林的咕雕，多得不得了。斑鸠比鹡鸰、白鹭、喜鹊、白头鹎醒得早。但比布谷醒得晚。通常是这样，天刚亮出白光，布谷便叫了，声穿四方，“咕——咕——，咕——咕——”。天麻麻亮，山斑鸠开始“咕噜噜”叫。这时，我的窗外石榴树上，麻雀喊喊地闹人。

竹林再往上走，是一片芭茅地。芭茅在 3 月开始发新叶，从根部，一节节往上发，到了 11 月，又一节节往下枯萎。一棵香樟树兀立在芭茅地中间，树并不高大，却枝叶浓密。两个野坟半塌，中间凹陷。每次走到这里，我心里有些紧张。我不是害怕坟中冒出野鬼，而是怕蛇。在坟头，我见过一次蛇。两条五步蛇在凹陷下去的坟头，盘绕在一起。6月，正是蛇繁殖的季节。蛇有刀柄粗，纠缠着，三角形的头昂起来，鬼魅十足。一条蛇是金色斑纹，另一条则全身鋈黑。金色斑纹的五步蛇生活在阳山，鋈黑的五步蛇生活在阴山。这是捕蛇人老五告诉我的。

老五很神秘地对我说："五步蛇生活在各自的领地，只有繁殖的时候，才会走到临时配偶的领地。"他捉蛇，用一根竹梢，圈一根小藤，把蛇箍在藤圈里，吊起来，悬空甩几下，蛇便安静了。但我还是喜欢去芭茅地，尤其在深秋之后，芭茅低矮下去，荒坡草地平坦，草径落了一粒粒圆形灰黑色的动物体物。野山兔在无草的地方，排泄体物，体物山毛楂一般大。

走在草径上，经常可以看到野山兔，缩着身子，在草丛里窣窣地吃东西。它皱着扁塌又饱满的嘴部，扇着耳朵，黄色体毛和枯草色差不多，似乎它生活的世界是一个世外桃源。在陡坡，也常见有菜碗粗的洞穴，洞外堆着细腻的黄土，洞口圆，洞内乌黑。这是鼠狼的穴居之处。鼠狼是猎杀鸟、山兔、山鼠的一级杀手。它蛰伏在草丛里，突然袭击，把猎物扑在爪下，利牙撕裂鸟的翅膀，或紧紧咬住老鼠的头部，拖入洞穴，大快朵颐。

山冈与山冈之间，有一个锅底状的小山坳，被人种植了常山橘子，约十余亩。橘子种植也有二十余年，但近年无人摘橘。种橘人得了重病，已无力上山。橘子秋熟，这里成了鸟世界。橘子糖分丰沛，果糖香味和橘皮脂香，格外芬芳。橘子烂在树上，或者落在地上，外溢的汁液吸引了乌黑黑的蚁群。蚁是大头黑蚂蚁，翘着铁钳一样的口器，撕开肉囊，割下囊肉，排着队拖着走。山雀站在橘枝上，很细致很有耐性地吃蚂蚁，顺口啄下橘子肉。这里云集了长卷尾、白鹡鸰、山斑鸠、灵雀、树莺、灰头鹀、林鹨。也只有这个时候，我才看得到云雀停下来，落在肃黄色的地上，不知疲倦地觅食。它清脆、溜滑、带有草露的叫声回荡在山间，“嘀铃铃嘀啾啾”。那是不可或缺又难以常闻的天籁之声。

两棵老油茶树紧挨着香樟树。老油茶树约五米高，冠盖却可占地半亩。这两棵老树，树龄均已超百年。油茶籽却小如龙眼，剥出的油籽乌黑发亮，油香四溢。这是最好的油茶籽，别名金珠子。霜降之后，白花压满了油绿绿的枝头，如雪铺盖。尚未被霜打死的马蜂，扑闪着薄膜一样的翅膀，“嗡嗡嗡”，停在其中一朵花上，吸着吸着，浑身裹满了花粉和糖浆。有的马蜂裹在糖浆里，再也脱不了身。死在花粉蜜中的马蜂，是枉死的，也死得最幸福。

其中一棵老油茶树，挂着一个酒坛大的蚁巢。蚁巢，我们叫蚂蚁窝。蚁是大头蚁，黑如柏油，行脚很快，蚁队可长达百米，吃蜻蜓、蚱蜢、蚯蚓，也吃死蛇、死兔、死獾、死鸟。它们还会主动捕食壁虎、蜥蜴等活体爬行动物——大头蚁会分泌一种酸性物质，具有麻醉作用—— 一堆大头蚂蚁叮在活体爬行动物身上，一粒肉一粒肉吞噬、搬运，直至完全分解。乡间俚语说，蚂蚁咬不死人，却叮死人。说的就是大头蚂蚁。

荒坡只有五十余亩山地，但的确是一个丰富的世界。我很多次看见草鸮从荒坡飞出来，在近晚的时候，“嘀哩哩哩”叫着，从泡桐树飞向田畈。草鸮是肉食动物，也叫猴面鹰。它深夜也叫。我找过草鸮巢穴，找了几次，也没找到。这一带，因为鲜有人来，植物按照自然的意愿，自然地生长、繁殖。植物的样子，也是原始的样子。它们的弯曲、抽直、粗细，也都由着土质、风雨、阳光来决定。它们至美，无论是抽芽、长枝，还是枯萎、凋谢，每一个阶段都很美，按照生命的样子美。动物与植物相伴相生。世界没有永恒的东西，除了水车一样转动的季节。我们所见到的，最值得珍惜。这就是最大的慈悲。

无人打扰的荒坡，我喜欢去。荒坡是被人所忽略的世界。它有着分明的四季和动人的个体宇宙。每去一次，我的内心似乎会更饱满一些。我不单单见证草荣草枯，见证万物轮回，它们更让我知道，我们不要悲观地去认识生命的价值，即使我们卑微地活着。我们可以活得更从容，更安详。人如草木，不仅仅是简单的比喻，更是深邃的格言。尤其在春天，荒坡上，每一个生命体，充满了蓬勃的欲望。

洞穴幽深

原野密布洞穴。树下，草丛，石缝，腐木的肉身里，湿软的田埂，松土，断墙，这些地方都深藏着洞穴，或小如细竹孔，或大如罐钵。洞穴，是一个阴暗的世界，不被窥视，是纯私密的隐秘领地。

在泥塘边，在湿湿的田埂，我们用阔嘴锄除草，草根一层层剥下来，埋在泥浆里。在旧泥挖下来的地方，我们会发现很多小如耳孔的洞穴。折一根牛筋草，往洞孔内深探，轻轻塞，塞塞抽抽，直至筷子长的草茎全部塞了进去。这时会有一只或两只体型仿若中华益蜂的昆虫，顺着草茎爬出来，一双触角竖起来，闪动。它薄薄的半似透明半似淡黄色的翅翼，举了起来，拍两下，钻入水里，再浮出来，翅翼划动水面，飞快逃走。这就是叫声悦耳的水蟋。水蟋在月亮上山后开始鸣叫。与其说是鸣叫，不如说是吟唱。“兮兮，兮兮，兮兮，兮——”“兮——兮——兮兮，兮兮，兮兮。”周而复始。立夏之后，诸野有了蛙声，哇哇哇哇，清凉又鼓噪。有了蛙声之后，水蟋才发出和声。水蟋淡黄色，四足，成双成对生活，在深晚的天幕下，以原野为舞台，表演二重唱：“兮兮，兮兮。”歌词只有一个“兮”音，但抑扬顿挫，声调起起伏伏，时而悠扬，响彻八荒四野；时而低吟，幽幽咽咽不绝。在夏日，暑气散去，碎冰似的暮星爆于天野，河风幽凉吹送，山梁黧黑又清晰可见，水蟋沉寂了漫长的白昼，亮开了它的美声。

我们穿过原野，去某个地方，或者去田里照泥鳅，水蟋再一次唤起我们有关大地的记忆。“兮兮，兮兮”，大地被水蟋的美声所笼罩——只要有泥塘和水田，它就不会停止自己的鸣唱。它不知疲倦地唱，唱得忘情，唱得忘乎所以。似乎它只为歌唱星空歌唱大地而活，一只酬唱，一只应和。世界美如斯。即使在深夜，一个人走在原野，也不觉得害怕。我们会和着水蟋发出的韵脚，吹起了轻松愉快的口哨：“嘘嘘，嘘嘘，嘘嘘，嘘——嘘——”我们听得久了，回过神，发现水蟋不是在吟唱，而是在吹水琴，柔柔的水波在横琴里跳荡、流动。

而水蟋穴居之所，是一个向下的深洞。我用一把小锄头，将泥往外剥，看洞穴内的情况。我以为，这是潮湿的泥地，里面应该是泥糊糊的，且还堆着它们排出的体物。当我挖开，看到眼前干净舒适的“居室”，着实惊讶了一番。洞内的通道，很溜滑，被泥粉刷了一样，可供两只水蟋自由进出。洞穴最深处，相当于卧室，空间宽敞了很多，泥土十分干燥。它的洞口，一般隐藏在草根下，或者某一块石片下。我一直弄不明白的是，当泥塘或水田涨水，水蟋怎么防止水灌入洞穴呢？我挖了十三个水蟋洞，也没看出个中究竟。

水蟋会冬眠，霜降之后，它便居家安睡，不吃不叫。它有着旺盛的精力，没唱足两个时辰，根本不会歇气。有月亮的晚上，它会唱得更响亮、更热烈，直至月亮西斜，原野才真正安静下来。

水蟋多的地方，蛙必多。蛙多，必多乌梢蛇。乌梢蛇背脊周身乌黑，腹部两侧有金黄条纹，俗名黄金条，属无毒蛇。在泥塘、菜地、竹林、田畈，以蛙类动物为主食。但它最爱吃鸟蛋。

麻雀、鹡鸰、斑鸠，常在农家屋舍高处筑巢。乌梢蛇贴墙爬行，偷食鸟蛋。在夏日中午，乌梢蛇贴墙角逶迤而上，爬到农家屋舍（未粉刷的建筑物）三楼，钻入墙洞。我们端一根晒衣竿（桂竹），把乌梢蛇挑下来。昨日中午，我坐在邻居义钦家门口聊天，正聊得欢，一条乌梢蛇滑行过水泥路，钻入柴垛。柴垛侧边的墙上，有十几个麻雀巢，它在伺机攀墙偷吃。

乌梢蛇喜欢在塘边、田畈等地的坟墓，掏土打洞，盘卧在幽深的洞穴里，像个神仙过清雅生活。老坟的坟基，一般用石头砌。石头松落，乌梢蛇从石块空出的地方，开始挖，一直挖到棺椁腐烂的地方。清明扫墓，给塌陷处填土方，填了十几担，填结实了。可第二年，又塌陷了——蛇是埋不死的。它不停地掏土，挖隧道，挖到一丝光线都没有的地方，它才会停下来。最黑暗的地方，它睡得最踏实。隧道并非直线，而是内弯。它根据土的松软程度来挖。金钱白花蛇的洞穴，却与乌梢蛇完全不一样。金钱白花蛇是剧毒蛇，身纹一圈黑一圈白，头大嘴扁，体型也较大。

在溪面的石拱桥，是金钱白花蛇最爱打洞的地方。在石缝，金钱白花蛇用头把黏合石块的黏土拱得粉碎，石块便落了下来。它把黏土挖下来，在里面孵卵。老石拱桥，背面一般缠满了络石或薜荔或忍冬或爬墙虎，或长着蓬勃的蕨类，给金钱白花蛇提供了绝佳的掩护。金钱白花蛇繁殖力很强，一窝卵十余个，最多可达二十余个。乐家自然村有一个掏蛇卵的人，每年 7 月、8 月，他会去山溪的石拱桥掏蛇卵。他不捕蛇，他把蛇卵卖给药商，一个卵卖三十块钱。金钱白花蛇的卵有鸭蛋大，卵壳黄白色。

方圆十里田畈，田鼠洞随处可见。田鼠选择在杂草丛生的田埂墙体挖洞，洞大如钵，但洞浅。找田鼠洞太容易了——田鼠扒出的细土，堆在田埂下，如一座微型小山。田鼠对农作物种植，非常有害。它吃种子，吃灌浆的豆子，吃谷物。实在没东西可吃，它吃南瓜、黄瓜。甚至辣椒、茄子也吃。它无所不吃。农人怨恨田鼠，在田间地头放鼠笼，以花生做诱饵，第二天，笼子里边关着田鼠，有时还关了两只。

和田鼠的洞穴相比，山鼠的洞穴挖得更深，且洞口很多，像个迷宫。我挖过山鼠的洞穴。在水库边的黄泥地，种了番薯。黄泥地种出的番薯好吃，含糖量高。可到了 8 月，番薯才拳头大，已被山鼠掏开吃了。它吃几口，又不吃完，剩下半个裸露着。便开始烂。一块地的番薯，差不多有一半被山鼠翻了出来。我便去挖山鼠洞。山鼠洞在没种植的荒地，有八个洞口，把整块地开挖了，才挖到山鼠穴居之所。洞内的隧道，相互连通，四通八达，穴居之所足足有半个立方米，土质干燥，冬暖夏凉。真是个隐居的好地方。其实，挖了山鼠的老巢,也无济于事。山鼠早早逃跑了,留下一个空空的“豪华窑洞”。它很快会在另一块地挖洞,生儿育女。

比山鼠洞更难挖的洞穴是竹鼠的洞穴。竹鼠以吃竹子的根须或嫩竹为生。这是一种生活极为隐秘的动物。它大部分时间在地底下生活,在竹林深处挖洞。洞穴的隧道如一座复杂的地下宫殿,蜿蜒十几米,甚至几十米,只要土质疏松,它便围着竹根挖。它的洞穴是一个易守难攻的城堡。竹鼠擅长与它的天敌打地道战,在周旋中保存自己的有生力量。以穴居生活为主的竹鼠,天敌是蛇和鼠狼。无论多深的洞穴,天敌都可以神不知鬼不觉地爬进去。“蛇鼠一窝”是个成语。其实,蛇鼠从来不会一窝。鼠窝岂可有蛇安榻?侵略者是绝对强大的,受死者绝对孱弱。鼠与蛇斗争,最大的胜利,便是逃脱成功。竹鼠感受到蛇阴森森的气息,便在隧道里,夹着尾巴落荒而逃,暂时离开隐蔽的宫庭,逃上竹梢躲起来。

洞穴,作为蜗居之所,可能是世界上最阴暗的地方。藏身洞穴的动物,忍受无限寂寞。它们习惯并顺从了暗无天日的生活。它们以为不被发现,才是安全的。其实,对于被捕食者而言,没有哪里是安全的。竹鼠繁殖时,蛇入侵,一窝小毛鼠会被蛇吞食得一只不剩。惊慌躲藏之后,竹鼠最终回到自己寂寞的幽居,继续吃继续挖,扩大自己的营房。有一天,暴雨奔泻,水一直往下渗,注满了洞穴,土慢慢下沉,泥浆涌入,土坡崩塌。竹鼠逃之夭夭,暂时在竹林孤身流浪。

草木丰茂的地方,多鼠狼。在熊、虎、狼、豺、野犬、豹等高等食肉动物消失的南方非高山地带，鼠狼在动物界已没有天敌。鼠狼又名黄鼠狼、黄鼬，对人的生命没有威胁，在非极度饥饿的情况下，不会偷食家禽。鼠狼的肉既臊又略酸，人不爱食。这使得黄鼠狼得以安然存留了下来。除了在村子里，其他任何地方，譬如在河滩，在茅草地，在田畈，在坟山，在油茶林，在竹林，在山中橘子林，在葡萄园，我经常看见鼠狼。黄色的体毛，长长的尾巴，澄明的眼睛，看起来很可人。其实，鼠狼不畏惧人，但警惕人。今天早晨，我去饶北河溜达，在十一涵管厂，想看看雷竹出笋的样子。在水坑边的野草丛里，我看见了鼠狼。它半蹲着身子，抬着头望我。涵管厂与村子仅隔了一条公路。十一在搅拌水泥，做涵管。我对十一说："这里有黄鼠狼。"十一说："黄鼠狼三天两头来这里找吃，有时三条一起来。"他又说，晚上，黄鼠狼经常过马路，溜进村里。

鼠狼吃老鼠，吃蛇，吃鸟，吃鱼，吃野兔，吃蜥蜴。也吃人丢弃的肉骨头。在郑坊盆地，鼠狼和野山猫，属于一级杀手，擅长偷袭捕杀，一分钟内结束战斗。它是挖洞的绝顶高手。它尤其喜爱在有茂密草丛的斜坡或老墙根挖洞。

河滩有一段芦苇丛生的废弃河堤，我找到过鼠狼的洞穴。洞穴挖在沙坡上，足有一个立方米。它在一棵枫杨树根（树已被砍伐）下，从沙坡往里面挖，挖出的沙，五簸箕也挑不完。洞穴距离地面约半米，洞口半径约十厘米，洞深约一米深，内室很深很大。芦苇分披的叶子，遮住了洞口。

在我的认知中，蚯蚓打洞，是最艰难的。蚯蚓是节肢动物，没有爪，也没有坚硬的外壳和鳞片，像手脚均残疾的人挖土方。蚯蚓以唾液和土，吞下去，排出来，打出一条蠕动的通道。它的唾液真是神奇，使得板结土变得松软，植物根须可以呼吸到新鲜空气。我曾种过一钵花，日晒雨淋，土结实了，花苗很难长。我买了一包红蚯蚓，翻出土，放在苗根，又埋两个苹果下去。过了两个月，花开得很盛。我又翻开土，红蚯蚓变得暗红暗绿，粗粗肥肥。此后，我种花，都会在土中投放红蚯蚓。菜地，是蚯蚓最多的地方。蚯蚓是绿蚯蚓，又长又粗。蚯蚓有窝。去菜地挖蚯蚓喂鸭子，在烂菜根下，会挖出一窝。洞穴中，蚯蚓会留下黏液，又黏又潮湿。它爬行的通道，可达一米多长。

有些蜂也是穴居的。在南方，有一种蜂，体型如牛虻，金色的虎脸头，腰身粗，在黄土中打洞。这种蜂，生吞活剥大马蜂，可蜇死人。因强壮如虎，被称为老虎蜂；又因穴居地下，称为地蜂。地蜂以家族为社区生活。但家族是小家族，蜂数一般在几十只左右，至多数百只。地蜂解毒，乡人便去挖地蜂泡酒。我没挖过地蜂，但见过蜂穴。蜂穴碗状，排球那么大，蜂孔密密麻麻。地蜂生活的四周林木，不会有松毛虫、飞蛾、蜈蚣、蝎子等昆虫。它是毒虫一级猎杀手。沙蜂也穴居，在细沙中筑巢。沙，必是洁净如洗的白沙。沙蜂可以往下掏一米多深，挖出球形空间。沙面上，是平实浓密的牛筋草。它们进出的通道，在草缝中，很难被其他动物发现。沙蜂是极其罕见的蜂。

蚂蚁也有穴居的。这是红蚂蚁，身子细小，爬行特别快，搬运食物时，它们便排起长队，几百只上千只出动。它的洞穴一般在石块之下，或在墙根，或在老死的树蔸。它的繁殖力非常强，洞穴中一般储藏着鸟的羽毛、饭粒或谷粒、鱼骨。蚁卵白色，粘成团。

有人说，鸟类是伟大的建造师。鸟类建造了世界上堪称完美的鸟巢。洞穴与鸟巢相比，简单粗糙一些，但也同样堪称伟大。穴居动物利用地形、土质、光照等自然条件，营造了自己舒宜的安定之所，改造了土壤。洞穴构建了土壤的生命伦理，使得每一片土地都那么生机勃勃。

没有洞穴，大地一片荒芜。

夏日星空

云勾画出了黄昏的肖像。云是桃花色的，薄薄的一层，自东向西飘浮。太阳是一个穿着红袍的醉汉，晃着脚，下了山梁，天色被水洗涤。厚一些的云层出现了紫黑色，镶着金边。原野静穆了下来。

红光消失，云絮散开，雪绒花一样飘着。山峦有了虚影，青黛色。天空更加高阔，呈拱形，罩了下来。风凉飕飕，吹得草叶簌簌作响。云絮被风纺织，一缕缕的线纱再一次被漂洗，洗得更白，水淋淋，一滴滴地滴下来，凝结在草叶，晶莹剔透。遇见晚露的人也将遇见星辰。天空完全空了，只剩下无边无际的瓦蓝色。

西边山梁之上，爆出了第一颗星星，白光四射，银辉闪闪。那是金星，也叫长庚星。浩渺的穹宇，长庚星如孤鱼。它像一个披雪晚祷的人，在唤醒沉睡中的星群，唤醒虫鸣。

夏日傍晚，我一个人走到田畈与河边，在空阔无人的地方，坐在路边石头上，抬头望着天——我不能错过湖泊塑造的过程——

星群簇拥的湖泊,沉默如谜。

赭灰色、白灰色、蓝灰色、浅蓝色、深蓝色。我看到灵山在暮色降临和退去之时,如一块巨大的屏风竖立在盆地的南边。屏风是花岗岩石的群雕,耸立高悬的峰顶如美人仰卧。缓缓下斜的山坡如马壮硕的腹部。马伫立在河畔,打着响鼻,轻轻尥着蹄子,磨着空空的牙床,流着混浊的口液。马在等待骑手。盆地以南的平野,是它的马厩。这是一匹青骢马,它的鬃毛是漫山遍野的杉木林。

但我更愿意说,整个盆地是一个空空的野庙:苍穹是蓝色的屋顶,灵山是石砌的颓垣,田畈是庙殿,初升的月亮是挂在檐角的一顶斗笠,北部峡谷割出的(不规则的方形)天空是窗户。野庙沉没在湖泊之下,湖水静谧,没有波澜也没有鱼群。星光穿过深不可测的湖水,射了下来。无数的星光射了下来。星光荡漾。星光彼此交融,万古不息。

人是透明的。原野是透明的。饶北河是透明的。

世界上,有两样东西,人无法揣摩透彻:苍穹和人心。苍穹令人敬畏,人心令人齿寒。苍穹令人敬畏,不仅仅因为它太浩渺太远古,穷尽我们的想象,也无法想象它的空间边界在哪里,时间边界在哪里,更因为它可以洗去我们浑身的尘埃。

月亮从古城山游出水面,带着冷冷的清辉。“它从哪里来,去往哪里?”这是人生出来的想法。我坐在河滩柳树下,仰着脸望天。后山峭立,岩崖突兀,山脊上的松树黑魆魆。而山体一片银白。山鹰呜呀呜呀地啼叫。繁星闪闪,河汉迢迢。

饶北河是一只身披鳞片的动物，从深处的峡谷爬过来，鳞片发出幽冷的光。它时不时空翻着身子，跃得高高，又落下来。它藏在树林里，藏在草洲里。它空空的腹部，吞吐着哗哗的流水。它泛起了银光。它粗壮的尾巴甩打树木、河石，在旷野发出冗长寂寥的回声。树木响起“沙沙沙、沙沙沙”的颤抖声，河风卷起，挟裹着馥郁的气息，四处奔跑。其中一缕河风，摇着梨树，似乎在说：花开有时，花落也有时。

回到院子，我坐下来，沐浴星辉。

“一个人坐在这里，像坐在寺庙里一样。”邻居见我一个人在院子里，拉过一把椅子坐下，说，“知道享受清静了，人开始慢慢衰老了。人回到了本我。”我开始烧茶。打开水缸的盖板，我怔怔地站了一会儿。

“你看什么，看得出神了。”邻居说。

“水缸里落满了星星。”我说。

水缸浓缩了圆形的天空。天空静止在水里，漂着星星。密密麻麻的星星，如一粒粒白米，泡得发涨。我把水勺伸进水里，摭水上来，缸里的水轻晃。天空也轻晃，星星也轻晃。我发现，星星是一层层分布的，错落有致。

“人是等老了的。”邻居说。

“怎么这样说？”

“天麻麻亮，我等太阳上山。太阳上山了，天太热，热得让人受不了。我躲在地下室打瞌睡，等太阳下山，去水库游泳。游泳回来，我等月亮上山，睡个凉快觉。等着等着，一天过去了，一个夏天过去了，一年过去了。月亮上山一次，就切走了一天。月亮切走了的，不再属于我们，找也找不回来。”邻居说，“这个问题想清楚了，也就没什么事让我急躁了。”

“这就是缸里的水，喝了一缸，又注满一缸。”

院子的矮墙下，油蛉在叽叽叽叫。虫鸣加深了夜晚的寂静，如星光加深了夜晚的黑暗。黑暗飘浮在星光之中。邻居走了。我还坐在院子里，仰着脸。月光落在我脸上，星光也落在我脸上。天空没有了虚遮的幕布，星星暴露无遗。我看见的星空，和我童年的星空是一样的。星空离我只隔一层视网膜的距离。石榴树的叶子，像一只只熟睡中的黑斑蝴蝶。我听不到蝴蝶的呼吸，也看不到蝴蝶美丽的斑纹。月亮倒像一只受伤的白鸽子，抖动着翅膀，树枝摇晃，落下纷纷的羽毛。似乎我伸出手，就可以把白鸽子捧在手上。我觉得我依然处于童年，和山峦一样生机勃发。

想起一次夜行的经历。那时我还是个十三岁的少年，去郑坊中学读书，因家中没有时钟，也不知道夜深几点。我看见窗外亮得如同白昼。我背着书包，走沙石公路去学校。正值棉花盛开。白棉花缀满了棉树，棉田连绵。我是个胆小的人，从不敢走夜路。但那个夜晚，我丝毫不害怕。白白的沙石路，笔直地把田野分出两半，路边的绿化林是两排小白杨。小白杨高高扬起，树叶半黄半绿，被夜风吹得唰唰唰响。棉花开，大地也蒙霜。田埂上的草叶，白霜蒙得厚厚的。月亮一直在中天，水汪汪的，淡黄色。山峦清晰可见。

一路上，我没遇见一个人。田畈里，也没看见一个人。我一个人在走，沙子在脚下，沙沙沙地响。走了四公里，到了学校，操场上没有一个人。这是我见过的最安静、最白亮的夜晚。我也一直没有忘记过这个夜晚。白，覆盖了所有的色彩。星星，一颗比一颗更硕大，更饱满，更剔透。那么多的星星，比人间的人还多，比沉睡的人更沉默。它们繁杂有序，它们只顾着发光，交相辉映。

无论是月光，还是星光，从天上来到地面，怎么下来的呢？不是照下来，不是射下来，也不是泼下来的，而是罩下来。地面上的光，多么匀细，如细雨般浇洒。光来到地面，不是一束束，而是整个光圈罩下来。年少时，我以为星星是没有重量的，月亮也没有重量，它们是天空虚拟出来的。星宿停留在天上，停留在空无一物的地方，为什么不掉下来呢？它们没有翅膀不会飞，它们没有鱼鳍不会游，它们只有一团光。

当然，不是所有的晚上，都会有星光。天空黑得如同地窖，盖了厚厚的云层。没有星光的夜空，如一张黑兽皮。没有星光的夜空不是星光死亡了。星光永远不会死亡。这时，我们需要等待，静静地等待云层散开、变薄，云翳被风吹走，让星光再次来到人间。是的，星光是多么柔弱，像病树上的花。云海是多么广阔，遮住了光所要去的地方。

有人见过星光死亡吗？有人见过星空死亡吗？没有的。星光是多么坚韧，它一直在照彻，在云层空出的地方，它毫不犹疑地出现。

星光为什么晚上来到人间？让我们夜思？《古诗十九首》有诗言："河汉清且浅，相去复几许。盈盈一水间，脉脉不得语。"银河复迢迢，也只不过是盈盈尺水。夜思改变了空间，也改变了时间。

照彻之下，原野朗朗。露水是大地最透明的一盏灯。星光点亮了露水，点亮了夜鹰的眼睛。大地褪去了白日的人声、燥热。我们在安睡。不归的人，去了远方。回到家里的人，匍匐在一盏摇曳的灯下。我们在窗下，轻轻地说话。白鹭在高大的樟树上，耷拉着脑袋瞌睡。蝉突然"吱呀吱呀"叫一声，便被蛇吞食了。促织"叽叽呤叽叽，叽叽呤叽叽"低吟。这是星夜的合唱。作为虫，它们不可能活过11月。它们不想再苟活，它们不知疲倦地唱：叽叽呤叽叽……

虫鸣的协奏曲，在原野环绕。我常迷惑，我离人间有多远？我离人间有多近？我想起唐代诗人张九龄的《望月怀远》：

海上生明月，天涯共此时。
情人怨遥夜，竟夕起相思。
灭烛怜光满，披衣觉露滋。
不堪盈手赠，还寝梦佳期。

月照的地方，即天涯。或者说，月就是天涯。我看到的月亮也是张九龄看到的月亮。张九龄的天涯，也是我的天涯。月越白，天涯越远。有月的夏日晚上，我喜欢一个人在院子里坐，或者一个人从路桥溪边，慢慢地走向田畈深处。山慢慢向田畈围拢过来，饶北河向田畈围拢过来。田畈向我围拢过来。这个时候，我想，我的面目是异常洁净的，眼睛也是洁净的。明月照我，我也照明月。万物友善，清风温柔——我获得了从未有过的恬淡。

照在我们身上的星光，来自哪一年？照在我们身上的月光还照过哪些人？斯年流水。斯人远去。我们抬眼望星空，广远无边。而大地之上，千古荒凉。或许过于荒凉，常有古怪之事发生。

在朗月之夜，盆地常见鬼火突然冒出来。鬼火即磷火，是磷自燃时发出的光。光幽蓝色，随风而舞。常冒鬼火的，有几个地方：农场、景宁冈、石壁底。冒鬼火的地方，大多是乱坟冈。上个月（庚子年五月），晚上八点多钟，茅坞门突然冒出鬼火，吓得散步的人魂飞魄散，鞋子跑掉了也不敢捡。“看见鬼火，不能叫出来，不然的话，鬼火跟着人跑，把魂摄走。”村人说。村人大多迷信，不知鬼火就是磷火。我当时在义钦的院子与人谈白。几个妇人惊慌失措，跑回来，满头大汗，说，鬼在抬桥灯了。“昌林的爸爸和炎哥，年轻时上山偷木头，在景宁冈经常看见鬼火，他们还去追鬼火呢。哪有鬼抬桥灯的事。”我说。其中一个妇人，斩钉截铁地说：“月光把鬼勾出来了。谁敢说没有鬼？有鬼，就有鬼火。”

我没看过被月光勾出来的鬼，但我看过被月光勾出来的少年。

有一次，我在楼上看书，听到有笛声从田畈传来。笛声并不很悠扬，有几处节奏还吹乱了。但我听得出神。我推开窗，月色如华，田野白白一片。我不知道吹笛人是谁。星空如蓝绸，落满了珍珠。星光如钟声，在旷野飘荡。笛声时高时低。我似乎感觉到气流在振动笛膜。我想，那个吹笛人，有着被星光注满的心灵，他的眼睛也储满了月色。他的内心，有一个不被人发现的星空。我下了楼开了门，去找吹笛人，我想知道他是谁。在一棵梨树下，我停下了脚步。我看见吹笛人站在短桥上，穿着棉白汗衫，微微昂着头，笛子横在唇边。我反身回来了。吹笛人是一个少年，他不被万物所惊扰，只有月色配得上他，他的心和大地一起脉动。

被月色浇灌的人，都是内心藏有短笛的人。

据说，在月亮即将西沉时，乌鸦会对着月亮啼叫，叫声哀怨而且凄凉，故称乌啼。但我没有听过。月亮西沉，是盆地最寂静的时刻。虫此时已不鸣叫了，蛙也不鸣叫。天尚未翻出鱼肚白，大地还没醒来，鸟儿还在打盹。唯一的声音，便是流水声，叮叮咚咚。

满月在中天，是月色最盛的时候，月如奶酪，光如流瀑。有很多动物会对着月亮叫：野山兔坐在草丛，对着月亮，“呢呢呢，呢呢呢”；夜鹰站在枝头，“呜啊啊，呜啊啊”；蛇盘在石块上，昂着头颈，“咝咝咝”吐出芯子；村里的狗一阵狂吠，“汪汪汪，汪汪汪”，像迎接客人。

据说，北归落单的孤雁，会朝着月亮的方向飞，一直飞，奋力地举着翅膀，如海上孤帆。在孤雁的眼里，月亮离它并不遥远，它可以追寻着月亮的轨迹，去往自己出生的地方。它飞着飞着，耗尽了体力，落了下来。我怀疑故事的真实性，因为失去了科学性。鸟迁徙,可依据地球磁场、气流、星际图像、山脉走向导航。我看过一个报道,说澳大利亚科学家大卫·基耶斯经研究发现,鸟类内耳有一种含铁的球体蛋白细胞,数千个细胞组成了小铁球,可以帮助鸟听到声音,可以敏锐感知地球磁场,使得鸟按精确路线飞行。又有量子科学家研究发现,说鸟迁徙利用了量子纠缠,即使相隔千万里之遥,也能回到出发时的那个鸟巢。我无法确定这些信息的真实性和科学性。但我仍被这个故事感动:生命的旅程有着罕见的悲壮。

月光能唤起旺盛的生命意识,毋庸置疑。山麂(南方小鹿)喜欢在月色下交配,十八年蝉也在月下繁殖、孵卵、出蛹、羽化。人也喜欢在月色下谈情说爱。

夜冰似的星星,渐渐暗淡。布谷鸟叫了,天野发白。白是灰蒙蒙的白,到处都是混沌不清的影子。树影,山影,鸟影,人影。天空里的星星,集体消失,似露珠倾落。

肉眼所见,唯星空历久弥新。

鹊鸟情歌

湿漉漉的3月清晨，天空水汪汪，淡白的雾气尚未散去，山谷传来“咭咔咔，咭咔咔，咭咔咔”的鸟声，清亮、干脆、悠扬，如牧童轻轻撩拨手鼓。牧童的指尖不经意地击奏，鼓皮颤动，发出一阵阵鼓鸣。山谷开始醒来，木荷莹白的花开遍了半山腰，略带寒气的和风吹着低矮山地，草浪“桑桑桑”响。草是茅荪，根芽在悄悄返青，黄荪叶卷着黄荪叶。高大的香椿树却显得单调，秃枝横斜。

侧耳细听，鸟声不像是从发声器发出的，而是上下两片喙在磕碰，如快板翻打。一串串的鸟声，似乎来自一位大地上的行吟诗人，穿着青蓝色的袍裳，穿过树林，来到原野游荡。它的歌声多么嘹亮，不知疲倦地歌颂着葱郁的树林、潺潺不息的河流和浩瀚的蓝天。歌声中，万古之地，万物常青，百鸟齐鸣。“咭咔咔，咭咔咔”“咭咔咔，咭咔咔”，两只鸟在彼此酬唱对歌。我一下子就听出来了，这是红嘴蓝鹊在对唱情歌。我的心，浇洒了春水一般湿润。我的心房鼓鼓的，如数重山。

3月是红嘴蓝鹊求偶的季节。在它烂漫的鸣叫声里，透露出早春的清新气息，惺忪的土层冒出尖芽，鱼摆尾逐浪。在早上八点以前或下午三点之后，我造访偏僻的山谷、人迹罕至的荒凉山冈、芦苇茂盛的河滩。我每次出门造访，并不怀有遇见某种奇迹的期待——原野是日复一日的平凡，日复一日地重复和更迭。在野外，即使毫无新奇的发现，我也不觉得是空手而归，一无所获。因为在每一次的徒步造访中，会获得一些新的感知和认知，哪怕是细微的。这才是根本，也最为重要。没有哪一个自然观察者，是通过一次或几次造访认识自然的，而是长期不懈地在考察、寻访、长居中，获得了生命的认知，才得以完成自己生命的完整性。只要长期不懈地到野外造访，肯定会遇上奇迹。这样的奇遇，让人着迷。我与红嘴蓝鹊的偶见，正是这样。

一日下午，我去田畈的葡萄园，沿着一条田间石板路走，穿过一片抽穗的稻田，看见一个个塑料大棚，在太阳底下，反射出白白的阳光，感到浑身燥热。我突然改变了主意，不想去看葡萄园。我拐过一段半截的河堤，走上机耕道，往官葬山后面的野树林走去。官葬山是一个斜缓的山坡，村后山地种红薯、花生和板栗树、橘子树。山坳有一个很深的废弃煤洞。一个酿土酒的人在煤洞口，盖了简易房养猪。猪舍下，有一片茂密的树林。树林下有一块荒田，因为无法排水，荒田成了一个小水塘。水塘浮着稀少的灯芯草，水质非常洁净。在一条荒草路，我听到了翅膀拍动水面的声音。我停了下来，挨着一棵泡桐树坐下，看见五只红嘴蓝鹊在水塘里洗澡。

水塘靠近小路的一边,有三块大石板,供路人蹲身洗手,塘边是一棵三米多高的黄荆树。五只红嘴蓝鹊站在石板上,把头扎进水里,快速地晃动,抛起薄薄的水花,水珠四溅。过了一会儿,它们又把身子扎进水里,扑棱棱地闪翅膀,滚着身子,翅膀扑腾起水珠,漩出水圈。它们从水里飞起,在距水面约两米高处扑闪着翅膀,水珠四溅。宝蓝色翅膀现出纯白的斑纹,如一把唐朝的折扇。它的尾羽起伏摆动,楔形的白尾如鲸鱼露出海面的尾鳍。它们在"咭咔咔,咭咔咔"地叫,欢快无忧。它们悠长、气韵绵绵的啼唱,像古老的山歌。似乎它们永远春情勃发,热情洋溢。

这是我第一次看见红嘴蓝鹊洗澡戏水,并且是五只。它们像畲族的少男少女,包着黑色的头巾,插着纯银的发饰,穿着灰蓝浅青的布裙,镶着棉白的裙摆,在纵情地跳舞欢歌。水珠抖净了,红嘴蓝鹊边飞边叫,往山垄飞去。望着它们水波般起伏有致的影子,我怅然若失。

在山垄,我走了两个来回,也无心看别的了,怅然的心绪有些难以平复。太阳温软。君子竹油油青青。被人剃了底层两圈枝条的冬青,躲藏着一群焦躁的棕胸鹪鹩。它们嚯嚯嚯地叫,在枝丫间跳来跳去。我又回到小水塘边,想再看看红嘴蓝鹊,可它们再也没有出现。太阳下山了,山边荡出了鱼鳞形的云层,我反身回家。众鸟也在此时慢慢归巢。"嘘哩哩,嘘哩哩,嘘哩哩",黑脸噪鹛吹起了晚归的口哨。

鸟，在体型上，有时很难分辨。尤其是雀形目中的鸦科、画眉科、莺科、鹟科、鸫科、山雀科等。同科中的鸟，差别非常细微，如褐头山雀和灰蓝山雀，即使资深鸟类观察员，不仔细观察的话，也难以区分出来。而有些鸟，我们见了一次，以后无需辨别就可以一眼认出来。我们看到它飞行的姿势，它美丽的色彩，即使在三百米之外，也可以指认出来。因为它们是独一无二的。红嘴蓝鹊是其中之一。红嘴蓝鹊色彩斑斓，嘴、脚红色，头、颈、喉、胸黑色，腹部纯白，背部和尾羽灰蓝色，楔形尾，尾叉白色，翅膀有白色斑纹，尾长于体身，善低空飞行，嬉戏于高大树木之间，啼叫声洪亮，如口琴吹奏。因其雍容优雅高贵的身姿，被人称为小凤凰。

如果美的最高等级可以由个人评定，在郑坊盆地，我见过的鸟类中，红腹锦鸡、红嘴蓝鹊、寿带无疑可并称为“最美的鸟”。

在饶北河上游一带，红嘴蓝鹊并非十分常见，即使在体型中等的鸟类中，也不如黑卷尾、长卷尾、红嘴山鸦、乌鸫、灰乌鸫、褐头鸫、山斑鸠、珠颈斑鸠、黑领噪鹛、灰翅噪鹛、棕噪鹛、橙翅噪鹛等鸟类那么常见。其中最多的，是山斑鸠、黑卷尾、乌鸫、灰翅噪鹛。无论在河边还是山谷，抑或田畈，它们成群结队，像唱诗班里的孩子。灰翅噪鹛无疑是最引人注目的鸟，不是因为它“嚯哩嚯哩哩”激越沉静的歌声，而是在求偶期间，在林地边的草坡或河边的草洲，十几只鸟因为“争风吃醋”，以死相搏的“斗殴”。

见到红嘴蓝鹊，也成了一件并不容易的事。唯一的方法，便是经常去有小溪流的山谷、有高大树林的河滩、有山塘的次林地。它爱戏水洗澡,爱在高枝鸣叫。红嘴蓝鹊成双成对,一直占据最高处的枝头,兴之所至,可以一直鸣唱一个多小时。在山溪拱桥边的柳树上,它们唱了一个多小时,我坐在桥下的石礅上,听了一个多小时。唱完了,它们比翼齐飞,低低地掠过菜地,飞往远处的山谷。

在某一片阔大的山林,红嘴蓝鹊以小群落的方式生活,一旦发现异族(蛇、松鼠、黄鼠狼等),高枝上的红嘴蓝鹊立即发出"嚯嘎嘎嘎,嚯嘎嘎嘎"的警告声,以不容被威胁的威严,驱逐异族"出境",无意中庇佑了树下觅食的煤山雀、地鸫、灰背松鸦、斑鸠等鸟类,即时飞离险地。在饶北河对岸的一个无名山谷,我看过十一只红嘴蓝鹊。这是我见过的最大群落。

丁酉年十月,晨雨初霁。天空浅蓝,草叶还沾着雨珠。我涉水过河,在芦苇茂密的河堤上,走了一里多地,被一群放养的胡鸭败坏了兴致,不想再走河堤了。我顺着瓜田,往山脚下走。山一个堆一个,堆出最高的山,便是灵山。灵山闪耀着银色的光辉,洁净的青黛色北部山坡如一块漂在海面的船板。最低处的两座山,以"U"字形拼合出一个山谷。山谷中有水库。远远的,我看见了水库的坝面,如一块横板切断山谷。我从没去过这个水库,虽然距枫林只相隔约三里地,但水库归属洲村。隔河隔千里,隔了一条即使不宽的河,无论多近,也是很远的。整条山谷没有人烟,山上是人工杉树林,墨绿得摄魂攫魄。到了坝顶,见库水浅了半塘,库边裸露出黄土层,水青蓝。水库后面是往上慢慢收缩的山体,形成一座尖塔形的山峰。

去库尾，有一条草径。草径侧边有矮矮的山楂树，红熟金黄的山楂，挂满了枝头。我撩过树枝摘山楂，摘一个吃一个。一棵山楂树还没摘干净，“嚯嘎嘎，嚯嘎嘎”，叫声从不远处的山坳传来。我站在草径，等着鸟飞来。我听出这是红嘴蓝鹊在叫，且是一群，叫声喧哗。如一幕歌剧，开幕的序曲才唱起，已初入高潮。果然，一只领头的红嘴蓝鹊，翩翩而飞，如冰上舞蹈，迎面而来。它们一浪一浪地飞过来，向田野方向飞去。这么壮观的飞行鸟群，只有夏季的归巢白鹭，才可以与之媲美。于我而言，这就是神迹显现——万物之神，会在某一刻，在某个特定环境，展现美神。

由此，我感到卑微，也为人感到卑微。美神降临，只有最少数的人可见。行走的物种，与飞行的物种相比，不仅仅缺少了一双翅膀，还缺少了飞翔的心。旷阔的盆地，在我眼前一览无余，如一张墨迹未干的画布。远山低垂如谜，凹陷在大地深处的河流已被秋色抹去，稀疏有致的白杨树叶正黄。半阴半阳的山谷扬起虫吟雀鸣之声，鸣奏优美的旋律。我既喜悦，又略感悲伤。人在自然的大美面前，会万分羞愧。人，其实无限渺小。只是我们自己不知道。在田畈边沿的一棵野柿树上，红嘴蓝鹊落了下来。柿子红熟，囊肉浆水饱胀，柿子叶大多已凋谢，柿子无人采摘，吉祥灯一样挂在枝枝杈杈。红嘴蓝鹊吵闹着，啄食柿子。

在近五年，常见红嘴蓝鹊。红嘴蓝鹊大多成双成对，仙侣般恩爱。一次，我在废弃的砖瓦厂，看一对红嘴蓝鹊在一棵高大的香椿树上嬉戏，看得很出神。挖芋头地的泉叔问我：你看得出，哪一只是雌鸟，哪一只是雄鸟？我哑口无言。我散了一支烟给他，说，我哪里有这个眼力，分得出雄雌呢？他接了烟，慢条斯理地说，我也看不出。他又说，不过，我知道有个诀窍，鸦鸟站在树上，尾巴翘起来的是雄鸟，尾巴垂下去的是雌鸟。我又散了一支烟给他，说，这个口诀，我得一直记着。

庚子年三月，我发现有一对红嘴蓝鹊，每天沿着狭长的山谷飞进飞出，飞行高度约距地面十余米，飞行长度约千米。它们边飞边叫，声音洪亮。它们经常停在山边荒田的一棵苦楝树上。

一天傍晚，我去山边，看见一只红嘴蓝鹊，喂一条蚯蚓给另一只红嘴蓝鹊吃。尾巴垂落的一只，站在枝丫上，翘着头，张开赤红的嘴巴，咔咔咔地叫，尾巴翘起的一只，抖着翅膀，把喙伸进爱侣的嘴里，喂进蚯蚓。它们无比快乐，奓开翅膀，摇着枝头，“咔咔咔，咔咔咔”，叫得无所顾忌。我被眼前的一幕深深地感动，试问人间凡胎，有谁可以爱得如此真切？

过了十余天，这对红嘴蓝鹊衔枝筑巢。巢筑在苦楝树距地面约三米高的枝杈之间。山谷因为有了这对红嘴蓝鹊，日日喧闹。它们的叫声，在山谷里回荡、扩散，如河水激荡着河谷。树杈被繁茂的树叶遮蔽，隐藏着巢。我记了一下，红嘴蓝鹊营巢时间为 3 月 23 日至 4 月 17 日。

两只亲鸟轮换抱窝，天天窝在巢里。一班岗，约抱窝三十五至四十五分钟。抱窝的时候，亲鸟把身子缩得紧拢，很安静地趴着；换岗的时候，两只亲鸟鸟喙对着鸟喙磨蹭一下，“咕咔咔”叫两声。

5月14日，我第一次看见亲鸟叼食，飞向苦楝树。我激动了一阵子：幼鸟出壳了。但我看不到巢里的幼鸟，也不知道有几只。两只亲鸟站在巢边，“咭咔咔，咭咔咔”，似乎在说：“我家有大喜事了，有鸟宝宝了。”其中一只亲鸟，叼起一只蛋壳，“咔嚓咔嚓”吃了起来。哦，红嘴蓝鹊和乌鸫、山雀一样，有清巢时吃蛋壳的习性。

我注意到，一天之内，两只亲鸟吃了八个蛋壳。它们吃蛋壳很有技巧：身子抱窝着幼鸟，喙啄起蛋壳，放在巢室外，一只脚伸出来，压住蛋壳，喙啄裂，叼起破蛋壳，夹在喙间吞食。乌鸫清巢时，不但吃蛋壳，还吃幼鸟的体物。体物白白的，泡状，乌鸫一口吞进去。

我便天天下午来山边，看鸟夫妻养育雏鸟。这是我生活中最有意思的一件事情了。

5月22日下午三点多，我去山边荒田，看红嘴蓝鹊，我还没到荒田，被吓呆了。一条约有一米半长的黑眉锦蛇从苦楝树上晃着身子掉下来，落在一块方桌大的石头上。红嘴蓝鹊紧随而下，抖开花骨扇般的翅膀，与黑眉锦蛇对峙。黑眉锦蛇体背有金黄色，眼后两道黑纹，体侧有蝴蝶一样的斑纹，半曲在石头上，昂着扁平粗壮的头。红嘴蓝鹊扑闪翅膀，跳一下，蛇电射一般，腾起头部，欲袭击对手。

蛇电射一下，鸟后跃一下。鸟落下的时候，伸出喙，啄蛇的头部。蛇头晃一下，鸟扑了一个空。蛇匍下身子，鸟又扑闪翅膀，发出嘟嘟嘟的挑衅声。蛇弹射起前身，张大嘴巴，扑向鸟。鸟高高跳起，后跃，爪勾一下蛇头，蛇头甩一下，扑下身子。

红嘴蓝鹊是长尾巴鸟，也叫长尾山鹊，属鸦科鸟类，也因此叫长尾山鸦。体型相似，但喙色不同的，另有黄嘴蓝鹊。鸦科鸟类大多生猛，强悍斗狠。乌鸦、喜鹊都是高级捕食猎手，以红嘴蓝鹊最有战斗力。红嘴蓝鹊杂食性强，吃草籽、浆果，也吃蚯蚓、蜗牛、青蛙、蜥蜴、蝎子、蜈蚣，以及偷食其他鸟的鸟蛋、幼鸟，捕食老鼠、蛇。它甚至偷袭鹰。

红嘴蓝鹊不断地挑衅，把蛇粗暴的性子激发了出来。黑眉锦蛇灵动，弹射迅速，张开的大嘴露出密密麻麻的钢牙。蛇不停地弹射前身，甩着尾巴，发出嘶嘶嘶的声音，芯子闪电一样闪动。红嘴蓝鹊轻巧活泼，张开翅膀，跳起来，后跃。对峙了十几分钟，蛇蜷卧在石头上，懒得理会红嘴蓝鹊，似乎对红嘴蓝鹊的挑衅，毫无办法。红嘴蓝鹊飞起来，双爪把蛇头勾住，把蛇往空中拉起来，蛇扭动身子，红嘴蓝鹊又落下来。蛇向后退缩，扭过头身，欲爬走。红嘴蓝鹊再一次跳起来，喙啄在蛇头上。这时，另一只红嘴蓝鹊叼着食物，飞到苦楝树上，护着雏鸟，看树下的"鸟蛇恶斗"，发出"嚯嘎嘎，嚯嘎嘎"严厉的警告声，似乎在警示蛇："我的伴侣不容伤害。"

蛇彻底怒了，弹簧一样弹直前身，半悬空中，伸出头，扑向红嘴蓝鹊的头部。红嘴蓝鹊飞出蛇头的高度，爪勾住蛇头，喙啄下来。蛇缩回，盘在石头上。红嘴蓝鹊落下来，爪摁住蛇头，继续啄。蛇一个翻滚，甩开敌手的抓捕。敌手恶凶凶地站在蛇的前面，张开翅膀，伸长脖子，随时啄下去。蛇又弹射出头，扑向敌手。红嘴蓝鹊后跃，奓开翅膀，嘟嘟嘟叫。蛇伸长，扭动了一下蛇腰，溜下石头，往石头下的地面逃。头刚滑下，红嘴蓝鹊一个飞跃，爪勾住蛇颈，腾空两米多高，把蛇摔在石头上。红嘴蓝鹊落在石头上，猛啄蛇头，啪啪啪。蛇蜷了起来，欲把鸟卷包菜一样卷在里面。红嘴蓝鹊飞跳一下，落在石头上，嘟嘟嘟，叫得很激烈。蛇张大了嘴，匍着身子，芯子火苗一样抖动。红嘴蓝鹊掠起翅膀，双爪摁住蛇头，雨点一样密集地猛啄，蛇扭动着，可头再也伸不起来。蛇头啄烂了，蛇慢慢不动了，腹部在剧烈地收缩起伏，起伏了一阵子，腹部干瘪了下去。红嘴蓝鹊死死地摁住蛇颈子，啄肉吃。

黑眉锦蛇也叫菜花蛇，以鼠、鸟、蛙为主要食物。它没想到自己最终死在鸟喙之下。红嘴蓝鹊捕杀大蛇，花了一个半小时。我在距它们十米远的岩石下，看得浑身冒汗，手脚发凉。在自然界，猎手和猎物之间，没有妥协，当互为猎物互为猎手的时候，壮烈的战斗在所难免，直至一方无法动弹，被撕食。我从没见过如此惊心动魄的激斗，几乎可以算得上是一场战役。只要有捕食者存在，激斗就不可能停止。这就是动物界的天道之一。

回想起这个下午，我心脏激烈地搏动。求偶、繁殖、育雏、喂食、捕食、搏斗，是动物一生中，非常重要的环节。目睹其中一个环节发生的细节，足以让我激动，似乎我参与了生命在其中发生的过程。最罕见的是目睹动物的搏斗全程，每一个细节都无比惊心动魄，招式之间藏着生死。胜者往往不在于体魄大小，更在于勇气、胆识、谋略、耐力、体能，和搏击手一样，快、准、狠，出手招招夺其要害。

6 月 24 日，我再次回到枫林，去看红嘴蓝鹊的鸟巢，已空空如也。很惋惜，我没有看到雏鸟出窝、试飞。但愿两只雏鸟都平安出窝。我扛了把木梯，爬上树，看见鸟巢内室有干草、苔藓、根须和几片蓝色白斑的羽毛，外巢以藤条细根构建。

河滩和山谷，是红嘴蓝鹊出没的地方。有一段时间，红嘴蓝鹊常出现在村舍附近，在香樟树，在竹林，翩翩起舞、尽情啼唱，它们恣意炫美，袒露心扉。或许，这是它们对美对爱最好的诠释和答谢。有几次，红嘴蓝鹊还落在我家的屋顶上，“咔咔咔”，叫上大半个时辰。它们是不是又要开始寻找筑巢的地方，孵卵育雏呢？

唐朝诗人秦观在《鹊桥仙》说：“金风玉露一相逢，便胜却人间无数。”我想，红嘴蓝鹊便是这样恩爱的。

驮岭往事

你已经知道驮岭是一个什么样的地方了——大宗的货物压在马背上，马行走在狭窄的山道，马铃清脆、固执地摇响。山孤绝又绵延，崖壁千仞，山峰嶙峋。山道落叶铺满，在丛林里如一根枯死的藤条。马走走歇歇，打着响鼻，低着头，踢着蹄子。赶货人也低着头，甩着马鞭，唱起了赶马调：

> 没有尽头的山路，累死的马儿。
> 夜里的女人，盼着自己的汉子。
> …………

远远看去，山峰与山峰并峙，如骆驼的双峰。阔叶树把山体一层层地推向高处，推向了缥缈的云端。山横亘在陈坑与童山两个小山村之间，呈“八”字形，东西走向。正如你想象的那样：野性荒僻，鲜有人烟，猛兽出没。

其实，赶货人只有一个。赶货人也没有马，只有双肩和一根竹扁担。驮岭只住了一家人：赶货人、赶货人的老婆和女儿。赶货人以卖柴火为生，把木柴挑下山，卖到十五里外的集镇，又挑着米面盐巴布匹回去。他是个守山人。他养牛，养羊，养猎狗。他的两条猎狗，方圆十里，尽人皆知，用我童山三舅的话说：八个练手也不如两条猎狗。练手即习武之人。三舅是个猎人，打打山兔山鸡山麂还可以，他可不敢上驮岭。驮岭有豺和鬣狗。守山人的猎狗把豺的脑壳咬裂开，把豺拖回家。我没见过赶货人，但我见过他女儿。他女儿嫁给我村里的曹氏人家。

驮岭的山南，与一座无名山的山北，隔一条山溪。山北也高峻陡峭，有两条幽深的山垄，一条叫小凸垄，一条叫坳头垄。小凸垄的灌木茂盛，是我们砍木柴的地方。我们早早吃过油炒饭，穿过四里长的狭长峡谷，翻过太平山，下一个斜长的山梁，便到了小凸垄。此时，太阳刚升起，虚白的光浮在山谷，桃花色的霞光抹过驮岭的山脊，"嗷——嗷——嗷——"，一种犬科动物的叫声，响彻寂静的峡谷。长啸式的叫声，让我们心惊胆寒，让人想象发出这种叫声的动物：蹲在树下石头上，支起前肢，竖着耳朵，皱鼻龇牙，张开钢锅一样的嘴巴，对着朝阳仰天吼叫。我们奋力地砍灌木，尽快砍一捆柴挑回家——我们害怕，万一猛兽过了山溪追赶来，我们将在劫难逃。事实上，我们的担心是多余的，猛兽从来没有伤害过在小凸垄砍柴的人。倒是挂在树梢上的青竹蛇，常发生伤人事件：刀砍在灌木上，树干弹起，青竹蛇掉下来。青竹蛇很难被发现，它的颜色和树叶的颜色差不多。有经验的砍柴人，用木棍把须砍伐的灌木林，扫荡式敲打一遍，再动手砍柴。

黄麂常被逮住——黄麂突然从灌木林里跳出来，落荒而逃。林子太密了，黄麂跳不起来，挂在矮灌木上，四肢悬空。三五个砍柴人围了过去，解下捆柴的棕绳，把黄麂绑起来，抬回家。

但我们从不敢过山溪，去驮岭砍木柴或木料。驮岭有豺狗，让人闻风丧胆。豺狗，也叫南方土狗，黄毛，间杂墨菊一样的黑色花斑，鼻梁部位鋈黑，短尾，体型比家养土狗略小，群体觅食。在我的父辈，有一件豺狗食人事件，骇人听闻。事情的经过很简单。一个木雕匠，去驮岭选木材，雕一张花床。驮岭有千年血紫树(红豆杉)，雕屏风，雕花床，雕梳妆台，是最好的木料了。木雕匠喝了土烧酒，腰上的刀匣插着伐木的青钢刀，上山了。在进驮岭的山弯口，有一个土墙木构的凉亭。他在凉亭歇脚。他听到了树叶簌簌的抖动声。他探出头，看见三双乌溜溜的眼睛死死地盯着他。他拔腿往山下跑。豺狗紧跟不放。他没跑出山弯，十几条豺狗团团围住了他，昂起头狂叫。他挥舞着刀，挥得双臂软了，豺狗扑上来。被人发现的时候，已是破衫浸血，内脏全无，面目全非，肉身撕裂。

有关豺狗的传闻，不止这一次。豺狗善尾随，把人的裤子撕下来，咬烂臀部，从肛门处把肠拖出来，食尽内脏。与驮岭相距五里地的黄连坞，有一个砍柴人，就是这样死的。黄连坞是高山村，只有三两户人烟。此后，他们出门干活，必结伴。

豺狗来过太平山。山中有小盆地，十几人在挖地，种冬麦。豺狗无声无息逼近。其中一人伏在井沿喝水,抬头见一群鬣狗从山腰下来,他大叫一声:“野狗来了,从山腰下来了。”十余人迅速抄起锄头,与鬣狗对峙。对峙了小半个时辰,鬣狗退走了。十余人瘫坐在地,脸色刷白,大汗淋漓,谁都出不了一声。

见过鬣狗的人,很少。鬣狗是林中的幽灵,十分神秘。豺却很常见。“上山麂子,下山豺”,是乡间俚语。麂即南方小鹿,前肢较后肢短,上山跑得快。豺在体型上,和鬣狗一般大,单独外出觅食,毛色淡黑淡褐,眉宇间有一道纯白色斑纹,故称白眉豺,前肢较后肢长, 下山跑得快。豺的叫声, 和狼比较接近,“哦唔唔——哦唔唔——”,叫得山野震动。但它很少叫,只有发情期和呼唤小豺时,才会发出猛烈的嘶叫。冬日,我们常见到豺在山脊上,孤独地走。它的尾巴长,但不甩动,下垂着。在它下山捕食家禽时,闪电般跑下来,尾巴翘起,悬帆一样。看见的人,会发出惊叫:“驮岭的白眉豺来了,吃鸡了。”等人反应过来,抄起扁担、木棍,豺已经叼着鸡,跑上山梁。豺从没伤过人,也无人捕猎过豺。豺回到了山里,妇人气呼呼地骂:“该死的白眉豺,自己舍不得吃的鸡,被你吃了。”豺来到村里,是无可防范的,它像滚地雷,一闪而过。豺下山捕食家禽,一年发生十几次。

驮岭以北,是绵延无尽的高山地带。山叠着山,山梁收服了山梁。山是乌蒙蒙的青黛色。站在太平山之巅北望,是没有尽头的山峰,一座比一座高,山峰塔尖一样,挺拔耸立。那是大茅山山脉。

太平山西边矮山下,有一山坳村子,叫坳头,约二十余户人家，多猎人。我外婆出生于此。我外婆有三个弟弟，均为猎中好手。在二十世纪八十年代，捕过老虎。老虎是过山虎，来到村里吃猪。妇人拎着猪食，进猪圈喂食，见老虎在猪圈里吃猪。妇人关了门，从墙壁上取下铜锣，当当当，敲打起来。紧急事件发生时需要全体人员集结，才敲锣。劳力二十余人抄起器械，往敲锣人家里赶来。老虎被锣声惊动，向山垄逃。我三外公的两条猎狗，早已跳出院子，紧追不放。过了山垄，便是驮岭。猎狗一路狂叫，最后把老虎逼进一块番薯地。番薯地上面，是密密的竹林。

老虎无路可逃。村民随脚赶到，拿着棍棒。老虎躲进了地边的一个山洞，再也出不来了。其实，那不是山洞，是一个番薯窖。山村人家，把黄泥山挖一人高、可两人进出的洞穴，做番薯窖，藏番薯、土烧。洞穴一般五米深，斜着向下向内挖掘。老虎被木材堵在番薯窖里。

四十年前，灵山山脉北部，大茅山山脉南部，以及两支山脉交错的高山地带，云豹、土狼、鬣狗、豺、黑熊等猛兽，曾普遍地游荡于诸山之间。猕猴、山羊、野牛、岩羚、黄麂、野猪、狐狸等哺乳动物，则更为普遍，以驮岭及驮岭以北山区最多。那一带人烟稀少，原始森林茂密。

前几日，读动物行为学家、作家胡冬林的《狐狸的微笑》。他写寻访狐狸、猎人捕杀狐狸、狐狸的亲情。他写得娓娓动人，读之既亲切又伤感。人源于对动物膜拜，尊狐狸为狐仙，列为“四仙”之一，与黄仙黄鼬、白仙刺猬、柳仙蛇并列。四大仙不仅聪明，且与人亲近。在我亲历的事件中，我发现，狐狸很可亲。我遇见过狐狸。在太平山右边山坳，有一块山塘，储集雨水。山塘之下，有泡泉。我们在山中行脚，口渴了，便去泡泉掬水喝。2016年清明节前一日，我找野生垂丝海棠，去了山塘四周山峦。正是花季，垂丝海棠开花甚是美艳清雅，往山上望一眼，便可以找出来。下午三点来钟，在山塘边的岭上，遇见了狐狸。狐狸迎面而来。我站住了，它也站住了。它眯起眼睛看我，我眯起眼睛看它。它闪身移步到路边，似乎在为我让路。我也移步到路边，向它摆了摆手，示意它：你先过去吧。我们友好地对视了半分多钟，它反身回去了，慢悠悠地走向山坳的深处。它眯起眼睛，在微笑。我眯起眼睛，也在微笑。它友好亲昵的眼神，永远也不会让人忘记。

守山人的老婆去世之后，驮岭只留下了守山人。我一直没有见过他。据说，他是一个驼子。到我很想认识他的时候，他已去世多年。驮岭再也没有一户人家。当然，在他没去世之前，驮岭已经没有豺狗、豺、云豹、黑熊了。莽莽山林，再也没有了它们的叫声。

我没去过驮岭，又忍不住好奇心，曾问过守山人的女儿(现已去世多年)："驮岭有豺狗吗？你见过豺狗吗？"她说："豺狗没什么可怕的，猎狗可以嗅出三里外豺狗气息，朝豺狗方向狂叫。猎狗狂叫，豺狗就不会来。"

我外婆过世后，便埋葬在小凸垄的一块山坪上。我大舅为这块坟地，很是上心。我外婆在世时，我大舅已找了七八个地仙，在半径十里以内，他和地仙走遍了每一座山梁每一个山坳。最后选定在小凸垄。我大舅说，地势是一张太师椅，可以把十里峡谷收于眼底。我几个表哥，对此却意见很大。抬棺木上小凸垄，没有二十个人，根本上不去。但谁也不敢反对。外婆出殡，我一路护送。也因此，我第一次去了驮岭。雨特别大。我们都穿着笨重的蓑衣。山道依山临溪而凿，树枝左七右八地横着。乔木参天，雨水顺着树枝奔泻下来。山崖壁立如笋。山路不足十里，我们走了三个多小时。我妈哭得很伤心，忧虑地说，你外婆去了那么偏僻的地方，谁还会给外婆送一碗吃的啊。

驮岭有着灵山以北最好的蜂蜜。蜂是野蜂，至于是什么蜂，我也不知道。刮蜜人也说不来。蜂巢筑在峻峭的石崖上，刮蜜人架绳梯下去，背腰桶，把蜜刮上来。或者蜂巢筑在二十余米高的枫香树上，刮蜜人在脚上套一个绳圈，爬上去。刮蜜人戴头盔，脸裹得严严实实，戴眼罩，身子穿厚厚的雨衣，把自己包得像个粽子，不然脱不了身。野蜂蜇死过好几个人。被蜇的人全身红肿，半日内，全身高烧不退，呼吸衰竭，死后，全身乌青，腐烂迅速。蜜白色，稀稀的，筷子沾一下，蜜下滴，落在碗里，有了极淡的黄色。这是最好的冬蜜。遇上这样的蜜，我必买。山上的野蜜，只在严冬时才刮。

去年正月，我生活在童山的表侄，在我家吃饭，对我说，驮岭路口枫树上，挂了一个箩筐大的蜂巢，罕见。我说，有蜂吗？

“谁也不知道有没有蜂。没有蜂，蜂巢会烂。”表侄说。

“野蜂巢，挂在树上，一百年也不会烂。野蜂蜜在蜂巢里，存放一千年，也不会变质。这是野蜂最神奇的地方。”我说。我把邻居清明请来，对他说，你骑摩托车去驮岭路口，看看蜂巢，没有蜂的话，把巢摘下来。清明说，哪看得到蜂呢。我说，你摇动树，蜂会飞出来。清明很会爬树，只要一根绳索便解决所有问题。我给他一张床单，说，床单裹实了蜂巢，提下来。他和我表侄去了。三小时后，他们提着箩筐大的蜂巢回来了。石匠炎叔见了蜂巢，说，这个是驮岭路口枫树上的。我说，你怎么知道。他笑了起来，说，我二十几岁就看到它挂在枫树上，这一带，只有这个蜂巢最大，没想到，五十年过去了，还挂着。清明喝着酒，说，你花三百块钱，请我摘一个蜂巢，一滴蜜也没有，不划算。我说，解身上毒气，驱除风湿和关节炎，没有比这个老蜂巢更好的了。我想来想去，蜂巢建在如此高的树上，也只有黑蜂了。黑蜂唯一的筑巢之处，是无人去的大峡谷，且筑巢在绝壁和高大的树上。

在驮岭，已有三十年没人见过猛兽了。野山羊一直有。有人偷偷摸摸去打野山羊，背着包袱，带着干粮。野山羊站在岩石峭壁之上，羊角高耸内弯，如两把弯钎插在头上，像个上古时期的将军，威风凛凛。有一个东坞人，躲在岩下，想伏击野山羊，被一头大野山羊发现了，一只公山羊跳下十米多高的山崖，撞向东坞人。这出乎意料的跳崖，使得东坞人措手不及，连忙躲在一棵矮树下，但他还是被半边羊脑门撞上，断了三根肋骨。野山羊却若无其事，叉开四脚，抵着头，竖起羊角，怒视着东坞人。另两个东坞人，吓得魂飞魄散，身子筛糠一样抖着，冷汗狂泻。

丁酉年腊月，五桂山（五桂山也是深林茂密的高山，与驮岭交界)一户人家跑出一头肥猪,死在树林里,全身被抓得稀巴烂。五桂山人说,那是狗熊(狗熊即黑熊)抓烂的,爪印抠进了肉里,撕下大块肉,肉身被吃了大半。

关关四野

没有饶北河畔鹭鸟声声的呼唤，没有悠远的蓝色晨光，没有芒草返青，没有野湖上轻轻溅起的水泡，那么四野将丧失灵魂，那么四野仅仅是一块供人种植的土地。我们与四野产生内心共鸣的，不仅仅是粮食、果蔬，更是那些能唤起我们生命萌动、感知岁时节律的美好景物。我们会知道，在匆匆的生命行旅之中，因为某一个晚上的月色，因为高大枫树上一对戴胜鸟的求偶之舞，因为甜瓜种子昨夜冒出的两片嫩芽，因为一场突然而至的暴雨，我们感受了纯真的心灵愉悦，而获得在大地之上永恒存在之感。

4月河水初涨，草洲渐渐被淹没，小鹏鹏、白骨顶、鸳鸯、红脚隼等冬候鸟北迁。苍鹭、三宝鸟、小灰山椒鸟、寿带、家燕、黑短脚鹎、黑眉柳莺、灰背椋鸟等夏候鸟，慢慢开始在河边树林、山间灌木林和荒芜的茅草地聚集。它们日夜鸣叫，发出(带有荷尔蒙气息)欢快的歌声。在天光稀薄的清晨，它们的歌声更清亮，更富有情调。我通常在窗外第一声野鸽啼叫时，披衣起床下楼。山峦还朦胧，田野则渐渐清明。这个时候，走向河边或山边林地，我们因为耳鼓被鸟声气流所充盈而感动。

所有的人，都会听到鸟声，只是有的人继续在沉睡，有的人去野外干活。可能我是唯一一个因为谛听鸟声而走向野外的人。河边或山边，湿气形成了低回的晨雾，很薄的一层，随风回荡。寒塘边的樟树上，鹭鸟站在枝头，拍打着宽大的翅膀，兴奋地跳舞，嘎嘎嘎的叫声，振聋发聩。它们似乎在向我发出邀请：我们一起来跳个舞吧，山川俊美，风和日丽。雾气在我的头发上，蒙罩了细细的水珠。我摇一摇头，水珠并不落下来，手摸摸，湿湿的。山野渐白，草木露出了原色。野樱的白花点亮了我的眼睛。在两里外，我就看见了野樱，在山垄斜深进去的山崖上，满树白。

在冬候鸟与夏候鸟交替换季时，我内心有抑制不住的蠢蠢欲动和狂热。这让我难以安睡。在城市里，我心绪不宁，进入不了生活中的角色，书也阅读不下去，我迫不及待地想返回乡间。即使在乡间，夜色深沉，在房间里，听见赤腹鹰"叽叽叽哩，叽叽叽哩"的叫声，我也会马上激动起来。在白天，很难听到它清晰的啼叫。夜星低垂，旷野四合。我的内心草芽疯长，露水静静滴落。鸟一声一声地叫，我一声一声地听，听了一声，等着下一声。我甚至听出了灰树鹊啼叫的节奏："嘘——咭咭，嘘——咭咭"。它高声啼叫五声，间歇两分半钟，又叫五声，周而复始，到了深夜两点，啼叫止歇了。我生出了奢望：我的屋舍若能建在高大的树林里，该有多好。

"你要听鸟叫声，听夜风，你去枫林水库夜宿。鸟早早把你叫醒，风吼起来，你还以为山鬼来了。"臣忠对我说。他在水库有个小山庄。山庄呈"U"字形，石墙泥瓦。夏天，他一个人去水库睡觉，避暑气。"蛇敲门，你听过吗？"他说。他听过蛇敲门。他睡到半夜，听到门"嘟、嘟、嘟"轻响。他以为是山鸡啄门，或者山鼠撞门。水库一带，茅草茂盛，山鼠非常多，常来屋舍找吃食，也到水库尾部找死鱼吃。门响了几分钟，他提着一个大手电，拿着一个火钳，开门。一条蛇竖起身子，与他肩部等高，望着他。他也不惊吓，手电照着蛇。蛇吐出芯子，扭了扭身子，溜了。他几次怂恿我去水库夜宿，我答应不下来。我怕蛇，又很心动。他好几次在夜里看见山麂在屋后山冈溜达。他这样说了，我更想去小山庄住几夜。山麂是性情胆怯、谨慎温良的动物，深藏山野。

我没有见过活山麂。我见过的山麂，大多是横在屠案上，剐了皮、剔了骨、剁了趾。山麂的骨头白如玉石，硬如生铁。山里人用大锅熬骨头汤，大木柴架在锅底，沸水噗噗噗把骨头腾起，油珠漂溢，熬一个时辰，再把麂肉汆下去。即使是大雪之夜，端一碗汆肉汤，喇下去，也全身滚热。"山麂的骨头汤汆山麂的肉，这样的吃法太不人道。山麂是一种懂得害羞的动物，它不侵犯人，人有什么权利伤害它呢？"有一次，两个山里的亲戚来我家做客，说起了吃山麂的事，我这样说。亲戚不可思议地看着我，面面相觑。其中一个亲戚质问我："那你以前来我家，也吃山麂呀。"我在他眼里似乎是一个假崇高的人。"以前是以前，我已经六年不吃野生动物了，十四年不吃狗肉了。"我说。我为自己吃过野生动物、吃过狗而自责过很长时间。这是我欠下的债，我无法偿还的债。这也许是一生中很大的过失。在我们的自然启蒙中，“万物为人所有、万物为人所用”的实利主义，深深地影响了每一代人：只要可以吃的动物，皆入锅上桌；只要可以锯板的树木，都砍下山。人把自己凌驾于其他物种之上，主宰它们的生命。人没有把自己当作是其他物种的守护神，而是把自己当作它们的帝王。殊不知，我们只是自然界的物种之一，在生命面前，万物皆平等，人的智慧在于守护生命而非杀夺生命。过了不惑之年，我才慢慢懂得这个道理，并在生活中去实践。我也深信，放下杀夺加害的妄念贪念，一切都还来得及。我也因此获得了生命的慈悲——万物在自然之中，共有共享共生共荣，我尽可能不去浪费，绝不去践踏。在每一种动物每一种植物的身上，我们都可以看到自己的过去、现在和将来，我们的命运与它们的相依存。无论我们的一生如何卑微，我们都需要神性，要敬重万物。在自然中，我们需要学会卑微地自处。

我们不要麻木地活着。麻木是一件可怕的事情，麻木让我们不再敬畏生命，让我们失去对自然的敏锐直觉。这是我们获得知识却缺乏自然文明孕育的巨大损失。而经常到原野中去，沐浴自然的光辉，敏锐的直觉也会慢慢恢复——当大雁飞临我们的头顶，当细雨簌簌飘在眼际，当瀑布的哗哗之声从山谷远远传来，当山毛榉一夜枯黄下去，当秋虫暴死于霜露，当金盏花诉说着凋谢，当雏斑鸠第一次飞出鸟巢——见到这些的时候，我们心中会慢慢翻涌起原始情愫的白色浪花，会由衷发出“生命多么可贵”的感慨。我们会知道,我们所经历的挫折和倦怠,实际上是那么微不足道,我们由他者的生命历程感知到自己生命的宽阔。这就是自然给予我们的智慧的恩赐。

我四季不歇地来到盆地,去无人的山坞,去暴雨中的河滩,谛听荒野之声,观察虫飞鸟舞,在夜色朦胧或星夜平阔之下,感知大地细微的颤动。

即使是在冬天,四野略显荒凉,仍然会发现许多鲜活的、苏醒的事物,让我们欢愉,并且沉醉。去年腊月,按照以往年份,已该是冬雨绵绵或初雪来临,人很少去野外了。但去年是个暖冬,冬雨未来,暖阳高悬。一天中午,我在午睡,我妈对我说:“你快去找找你爸,他不知道去哪儿了。”我爸高龄,记忆力衰退得厉害,一个月有那么一两次去了田畈,会找不到回家的路。我去了一里外的菜地找他。阳光蔼蔼,蒲公英发出嫩芽,田野如一把打开的折扇。扇面有一幅水粉画:山峦由低往高收拢并绵延,色彩由枯黄向青黄、青绿渐变,越往高处色彩越浓郁,山顶被一团墨绿堆叠;由西至东的田野,斜缓地低下去,渐渐开阔,阡陌如网织;有着优美曲线的落叶树林,半藏着发亮的河流;不远处的葡萄园有人在拉车,灰白的天空下,葡萄园也是灰白的……我心里有些焦虑,急于找人。菜地没有人。我从废弃砖厂侧边的田埂路,往大片芋头地走,弯过一片绕满了枯藤的西瓜地,去了沙石场。拉沙石的德明见我焦急的样子,说:“你找你爸吧?你爸从坡道下河去了,赶着两头牛。”我站在河堤上,望对岸的洋槐林,没看到人,也没看到牛。

洋槐高大，光秃秃的树枝繁密。林下是茂盛的芦苇、芭茅和矮杂的灌木。河水泛着白水花，狐尾藻青油油顺水漂浮。我脱了鞋袜挽起裤脚，下河。河水并没有预想中的冰寒，舔着肌肤，有些痒痒的。河底下是粗粝的沙石，脚踩在沙石上，脚板不由自主地弓起来，脚趾收缩，像一个吸盘。白条在砾石之间穿梭，在斗水。上了岸，我提着鞋子，往芭茅丛走。芭茅半倒伏，却还比我人高。被挖沙人留下的沙坑，成了小池塘，有十余个。小池塘水质清洁，塘底长满了青蓝的水苔，白条、鳑鲏、小白虾在忘忧地游来游去。洋槐上，我看到了两只蓝翡翠，在“嘘咕噜，嘘咕噜”地叫着。它们是河流的衍生者，在这里意外相逢，让我感到无比亲切。它们爽脆的歌喉带给河流明亮之感，与哗哗流水声，合奏了冬之曲。它们是那么娇美、沉静，悠扬婉转地吹着温柔的口哨，享受着煦暖的阳光。这一带，应该有很多伯劳、草鹀、鱼鹰，小池塘是它们丰盛的餐桌。果然，我在一棵矮柳树上，见到一群(约十余只)牛头伯劳。

北极鸥在河面上，呈“D”字形在盘旋。北极鸥是旅鸟，但每一年，都会有一只或几只，可能是失群了，留在饶北河过冬。它清洁无瑕的白色羽毛，让人觉得它是天外来客。它略显哀伤低沉的叫声，会突然洪亮地响起，仿如河流的背景音乐。我不知道这只北极鸥为什么会失群，它洁白庄严的盛装，使得它在视野里格外醒目。我生出几分隐隐的担忧，失群的旅鸟 ，存活下来的可能性太渺茫了。

走了百余米荒草地，看见两头大水牛在河边草地吃草。我叫了几声:“爸,爸,爸。”无人应答——我爸有些耳背。一群雀鹛反倒被我洪亮的声音惊吓得四处乱飞。我到了草地,看见我爸坐在一棵冬青树下,搓自己的脚板。我有些责怪他,说:“大冬天,打双赤脚,下到河里来干什么?万一摔倒在河里怎么办?”说着,我搀扶他过河。“你还扶我? 不要我扶你就算好了。”我爸说。

“在河滩坐,比在家里坐舒服。河滩坐了,人通透。”我爸斜着眼看我,说。我挽着他肩膀,他拉着我的裤带,一起过河。我爸又说:“人还是要多来河边坐坐,河水怎么流,也流不完。我小时候,河就是这样流的。”

送我爸上了岸,我又渡河,回到我爸坐过的冬青树下,坐了下来。我抱着身子,靠着树,眯着眼睛,听着流水声。一个下午就这样过去了。鸟叫声和哗哗的流水声,并没有破坏四野的宁静,与之相反,让人更真切地感受到大地的宽厚、仁爱。是的,大地永远不会老去,每一个人,无论年岁,都是大地出生的婴孩。

站在四楼的天台上,也可以瞭望整个原野。在家里,我每天早上上一次天台。我把天台改成了半个阳光房,请来木匠老四打了一张写字桌。写字桌是我自己设计的,一米二长、一米二高、六十厘米宽,分两层。坐在这里写字,倦怠了,望一眼原野,或者站起来,远望青山。四野都在我眼里,满目葱茏,或者满目苍黄。燕子栖落在电线上,灰卷尾也栖落在电线上。燕子是另一个我,溪边的竹林是另一个我,青桐树是另一个我,随风而飞的蒲公英是另一个我,四处找食的黄鼬是另一个我,夏夜的促织是另一个我,堆积不起来的冬雪是另一个我，稀稀拉拉的阵雨是另一个我……无数个另一个我，分布在原野。我无处不在。我是所有的之一，也是之一的所有。我如雨水，渗透了四野，又被分解得无影无踪，被蒸发，回到天上，成为积雨云的一个水分子。

大多时候，四野空茫又繁茂，在任何时候，露出了原色。即使冬雪来临，簌簌簌地下了一天一夜，雪覆盖了山丘，覆盖了田野和屋顶，白鹡鸰还是四处翻飞，草芽还是把雪耸起，枇杷盛开着米黄色的花，河水轰出腾腾白气，黄鼬闯过公路来到某一户人家的厨房偷食，松鼠在板栗树上荡秋千。

四季都有鸟在求偶、育雏。四季都有草枯草荣。原野有着旺盛的欲望，有着强烈的期盼。我抱有持久的耐心和细腻的情感，等待每一天的到来和过去。这是必须的，也是美好的。我不愿意四野的生命迹象，从我眼中轻易地溜走。溜走，意味着丧失。

方坞鸟声

方坞是枫林最大的山坞，有山田六十余亩。二十年前，方坞住着七八户山民，以种山为生。山是矮山，油茶树遍野。种山谋食太难太辛劳，山民外迁三里，在白山底找荒地建房。方坞成了一个荒芜的山坞。进方坞的沙石路，长满了荒草灌木。四年前，方坞的一个山坳被征用，做了墓园。每个月，都有头戴白布、脚穿麻鞋的人，排着长队伍，挨着山边的灌木丛，低着头，放声悲哭，往山坞走。走在最前头的人，抱着死者的黑白遗像，穿一身黑衣，披着拖地的长白布，泣不成声。

臣忠几次对我说，想找个适合的地方，种植果树养鸡鸭。我脱口而出：方坞。我便想去方坞实地察看一下。戊戌年农历十一月初七，秋阳煦暖，我便约臣忠同去方坞，每一个小山坞走一遍。

吃了午饭，臣忠骑一辆摩托车带我去了。沙石路有一段十余米长的陡坡，沙子被雨水冲洗走了，路石嶙峋，摩托车挂不上挡，突突突，后轮打滑，车子上不了。我说，我下来，推一下车。我跨下车子，站在一棵冬青树下，看见两对灰树鹊，从山弯口往峡谷口斜飞过来。“咕儿咕”，灰树鹊叫得欣喜，尾羽一抖一抖，翅膀扇动着。“长尾巴仙来了，长尾巴仙来了。”臣忠低声叫了一句，熄了车火。沙石路下是一条约五米深的溪谷。溪无水，是一条暂时死亡了的溪。溪谷被冬青、青冈栎、羊角枥、荆条、檵木、海桐遮蔽了。灰树鹊在树与树的缝隙间飞过去，如轻舟过万重山。我们这里称灰树鹊为长尾巴仙。灰树鹊和红嘴蓝鹊、寿带等鸟一样，是长尾羽鸟。可为什么把灰树鹊也称作仙呢？我不得而知。

“我们把车推进去吧，这里有很多鸟。”我对臣忠说。

才进峡谷口便遇见灰树鹊，出乎我的意料。灰树鹊属鸦科，叫声喜庆热情，喜爱在农家附近高大树上筑巢。

“见喜见喜，见了长尾巴仙，必逢喜事。”臣忠说。可灰树鹊一晃即过。它的叫声，“咕儿咕儿”，回荡在峡口里。我往山上及溪谷四处瞭看。山体斜斜的，并不陡，秋阳斜照。

绕过一个山弯口，眼前突然被一片荒田刷亮。约有四十多块方田组成一个斜梯形，横陈在两个相通的山坳。方田平整如格子，稀疏幼青的草和萎黄的草相杂。幼青的草是地锦。我认不出是哪一种地锦，叶圆而小，茎细且柔，和酢浆草有几分相似。萎黄的草也不高，有藿香蓟、酸模、马唐、早熟禾、两耳草、铺地黍、千金子、狗牙根、小飞蓬、反枝苋。上枫林有一个养牛人，养了二十几头水牛，在山上、河滩放养。方坞是主要草场之一。清晨，养牛人把牛赶到方坞，到了傍晚，牛自己回家，腆着滚圆的肚皮，昂昂昂叫，舌头绕着鼻孔舔。我没看到牛,估计牛去了河滩。田里留下很多牛蹄印,两个半边蹄印合出一个印。田大多板结,牛蹄印陷得也不深,仅仅露出牛蹄窝。人走在田里,脚感酥软。

叽呀,叽呀,叽呀。这种鸟叫声,很密切,很清脆。我却没发现叫这种声音的鸟——黑喉鸦雀。在鸦雀科中,黑喉鸦雀是胆子最小的鸟,额和头棕黄色,黑色宽眉纹,喉及胸上部黑色,喙形如松子,短而坚硬。它喜欢在山脚下的灌木林、草丛、苦竹林等地带觅食营巢。我沿着田边的小水渠走。水渠两个巴掌宽,依山而筑。山边狼萁(一种蕨类植物)茂盛。渠水淌着细密的波纹,皱了起来。水羸弱得几乎流不起来。

其中一块两耳草比较密集的田里,聚集了上百只淡脚柳莺。这是一种吃相很难看的鸟,不受外界干扰的话,它们可以一直吃,吃到归巢才罢嘴。每一种鸟,都是很美的。鸟的美,是造物神审美的精彩体现。说实在话,就羽毛颜色而言,我不喜欢淡脚柳莺上体的橄榄褐。我天生不喜欢橄榄色。而柳莺类鸟,如南方常见的黄腰柳莺、云南柳莺、黄眉柳莺,上体都有或深或浅的橄榄色。但它们的叫声,确实迷人。我从地上摸起一个小石子,往两耳草丛扔。三只淡脚柳莺飞了出来,边飞边叫,“叽唊唊叽噜噜叽啾啾”。其他淡脚柳莺一起飞出来,飞到山边的油茶树上。霎时间,山坞里,都是淡脚柳莺在叫,“叽唊唊叽噜噜叽啾啾”。叫声有完美的旋律,音调呈平缓的水浪形。虽是常见鸟,但见到上百只的群落,也并非易事。通常我们见到的,都是三五只,在某一棵树上,躲在婆娑的叶丛,叫得如在“无我之境”,欢快无比。

三道眉草鹀每一块田里都有,和山麻雀混杂在一起吃食,吃吃跳跳,一副很挑食却贪食的样子。“叽叽叽嗄,叽叽叽嗄”,它叫起来是一副穷凶极恶的样子,嘴巴张得极大,仰着头,诉说因为受到了某种惊吓而报复似的愤慨。四个声调,声调一个比一个高,又戛然而止。我在三块方田里,快速跑一圈,鸟呼呼呼全飞了。过个十几分钟,它们又回到田里吃食。它们似乎以实际行动警示我:这是我们生活的地方,你凭什么驱赶我?最先回到田里吃食的,是三道眉草鹀、山麻雀、灰头鹀、锡嘴雀。不同类别的鸟,在这个山坞里组成了友好亲密的朋友圈。这是一个吵闹的朋友圈,七嘴八舌,没完没了,一天也难得安静一刻钟。像一个刚开学的幼儿园。

水渠连接着一个小山塘。这是方坞人早年的取水处。我对臣忠说,这里适合种植果树,马家柚、枇杷、杨梅、猕猴桃、橘子、天桂梨,都适合种。我说了理由:向阳,日光照射充足,有水源,一条山道进来适合守果园,不易被孩子破坏。臣忠说,种马家柚最适合,在田里直接掏树洞,成本低。

山塘下,有五块方田是烂田,田泥稀烂。我不知道是田下有泡泉,还是山塘渗水过来。烂田却无水,草茂盛,有香附子、碎米莎草、龙葵、三棱草、狼把草、酸模红蓼。这个季节,是草籽最饱熟的时候。香附子和碎米莎草都同样沉着穗头,草茎往下弯曲,穗头轻轻摇曳。除了酸模红蓼,其他的草,草衣衰黄。田泥太烂,草茎太细,鸟无处落脚,吃不了食。黄鹡鸰一纵一纵地在烂田上来回飞,喊喊喊地叫。上了山塘坝，可见山塘里面狭窄但茅草丰茂的山垄。山塘露出了大部分淤泥，水积在塘底。淤泥上，有很多死了的河蚌。河蚌裂开，像一张合不拢的嘴。河蚌离开水三天即缺水而死，被鸟啄开，扯出蚌肉。我看到两只灰噪鸦、一只长尾地鸫和一只水鹨，在淤泥里啄泥吃食。这是食物丰富的地方，泥下有蚯蚓、螺蛳，泥上有冻死的昆虫。灰噪鸦见了人，掠开翅膀，"啹尔啹尔"叫着，飞得不见踪影。

灰噪鸦一发声，长尾地鸫警惕地竖起脑袋，四处瞅瞅，啪啪啪地飞走了。飞在半空，长尾地鸫惊叫几声，"嘘哩哗啦嘘，嘘哩哗啦嘘"。啼叫声如阵雨一样落下来，浇得我满头湿淋淋。我抬头一望它快速离去的飞影，笑了。我猜，它的啼叫声译过来是这样："这里多么好，你来这里干什么？"也可能是："我还要来，你快回去，你快回去。"水鹨不为它们所动，继续撒开脚，甩动着喙，把叼在嘴巴里的蚯蚓吃进去。

农历十一月，已是深冬，但并不冷。风一丝丝，抽麻线一样从转轮里抽出来。山上的油茶花凋谢得差不多了，白白的花瓣已变成黄浆色。蚂蚁躲在干枯的花蕊里吸最后的糖浆。许是暖冬，金樱子第二次开花。金樱子在三月开花，五月凋谢，果期长达六个月。深冬也是金樱子糖分最足的时候，黄灿灿的。奇异的景象出现了：刺藤上挂着浆果，又开着花，叶子却一片不剩。每一丛金樱子，都是山雀的餐厅。红头长尾山雀、棕额长尾山雀、沼泽山雀，它们以小群家族活跃在山边。这是它们最后一道丰美的吃食——所有的浆果将在雪落之前全部凋落，并腐烂。其实不去山上，我也知道它们像久别重逢的亲人一样，天天聚在金樱子的枝头聚餐。我在百米之外听到了“咕响喔，咕响喔”的欢乐歌声。它们都是天生的歌手，在微妙的颤音与滑音之间，神奇地游走。

“公墓就在西边的山坳，要不要去看看？”臣忠问我。

“不去看了吧。”我说。我不想惊动那些亡灵。亡灵有自己的世界。我还没看过公墓。我去过很多坟地、乱坟冈。坟地和公墓虽然都葬人，但不一样。坟地里的每一座坟都带有某个家族或家庭的自主选择，后人可以溯着血脉，追寻精神的源头。而睡在公墓里的人，是一种被安排的方式，神性消失了。

在公墓山口外的一个山弯口，有个男人在用水泥砖筑墙。臣忠和他很熟。筑墙人比我大十几岁，认识我。大部分本村人，我都面熟，却叫不上名字。他说他建一个猪舍，可以养几十头猪，猪瘟厉害，村里养的猪剩不了几头，在山坞里养猪，可以躲猪瘟。我问他，山坞里野鸡是不是很多？筑墙人说，野鸡太多了，山塘那边最多，早上的时候，咯咯咯叫。他问我，你们下午看到豪猪了吗？我说，没有。他说，豪猪很多，黄鼠狼也很多，黄鼠狼经常去公墓那边，吃祭碗里的肉。

我没想到这里豪猪多。真是很多年没见过豪猪了。

“我妈就是出生在方坞的。我外婆一家外迁到白山底，是最晚外迁的一户。”臣忠说。

“我还真不知道你外婆家在这里。这条路，直通坳头村。我十多岁在坳头砍柴,往方坞挑柴回家,真难走。”我说,“方坞有很多梨树,我记得。”

“梨树就是我外婆家的,我带你去看看。”

我们到了入山坞右边一块凹进去的山地,臣忠说:“这是我外婆的房子地基,房子倒了很多年了,墙也倒了,地基还在。”

地基露出一层石头,不仔细看的话,还分辨不出是地基。房舍化为泥尘,牛筋草铺得厚厚的。山边有梨树、板栗树和高大的香樟、泡桐。方坞没有留下一栋房子。人的生活影迹完全远去、淡化,甚至虚化。一座百年老村,湮灭在时间的雨水中。屋舍旧址的后山有很多高大的树木,阳光斜晃,树影变得驳杂。许多鸟在树上叫。还有几只鸟,在棕树上吃棕籽。褐翅鸦鹃在冬青树上叫,咕咕咕咕咕咕咕。它可以一直咕下去。叫声单调,没有任何抑扬顿挫,听起来很干燥。褐翅鸦鹃是很“凶残”的鸟,以肉食为主,兼吃草籽和小浆果,三分钟之内可扼杀山鼠。它躲在叶缝里,窥视四周,一旦发现蜥蜴、蛙、壁虎等猎物,它柔和的眼神变得阴鸷……

在板栗树下,我发现了凌乱的鸟羽毛,半灰黑半纯白。也不知道是哪类鸟的羽毛。这只羽毛散了一地的鸟,肯定死于一场偶然的谋杀,要么死于山猫,要么死于黄鼠狼——看羽毛的长度(半截筷子长),推算鸟的体型,不会小于喜鹊。体型这么大,蛇和猛禽难以捕杀它,尤其在林区。

深冬,太阳被山梁架着跑。阳光虚虚地飘在山脊上,山坞阴沉了下来。鸟呼呼呼四处飞。鸟声张扬。只是灰树鹊再没出现。灰树鹊一般成双成对生活,如眷侣。我揣想,这可能是乡人把它列为仙的原因。只有神仙,才有凡人不可拥有的眷侣。

一天当中,早上,傍晚,是鸟声最烈的时候。百鸟争鸣,众鸟齐声。有多少种类的鸟,便有多少种鸟叫声。世界上,没有不叫的鸟;世界上,也没有哪个地方,只有一种鸟在叫。鸟活着,其实就干两件事:飞,叫。飞,因为鸟有翅膀;叫,因为鸟有发声器。不叫的鸟,是死鸟。

鸟是幸福的,叫得那么自由,怎么叫都可以。没有哪种鸟的叫声,被定义为噪音、杂音。鸟的世界,令我向往。

生而为鸟,为鸣而生。

山中避雨

云沉在半空，像一块黑膏药。云一层叠一层。山坞如一口污浊的鱼塘，云是遮在水面的烂荷叶。我站在八步岭的石阶上，看着云回旋。呼呼呼的强风，从山垄里灌进来，摇着崖石边的胡椒树。胡椒树碗口粗，在一个月前叶已落尽，它脆脆的枝丫被风吹得弹起来。零星的雨点洒下来，打在石阶上啪啪作响，溅起灰尘。八步岭处于枫林水库和太平圣寺之间，有百余级石阶。石阶绕着山弯口而上，再转过一个狭窄的山坳，便是太平圣寺。

这是一个山形奇异的弯口，山垄两边的山峦在此收拢，如两头牛在斗架，犄角抵着犄角，门额撞着门额。右边的两个山峦互相挤压，形成一个箢箕形山垄，山垄之上，是茂盛的灌木。左边的山峦高且陡峭，崖石孤悬，松树参天。雨从两边的山梁抖下来，噼里啪啦，雨声瞬间笼罩了山谷。

暴雨突如其来，我拔脚往寺庙跑。雨太急切，雨线织起了巨大的网。网眼密集，盖住了山野。跑出二十余米，右边有一个内凹的窄小山崖，可供两个人缩身躲雨，我弓身躲了进去。崖边有一蓬苦竹，斜伸出来，遮住了石阶。石阶之下，是一个断崖，溪涧飞落而下，水瀑飞溅，瀑声轰隆隆，响彻山谷。我缩在凹崖下，几根裸露的苦竹根须涧（方言，“涧”在此作动词，和“淌”同词义）下细流，汩汩汩，砸在石阶上。八步岭很快成了最狭窄的“河床”，雨水成溪。

炸碎的雨星子，从石阶溅上来，打湿了我的皮鞋和裤脚。我把手机用塑料袋包起来，掖在腋窝下。倒流的崖水，很细心很温和地滴下来，滴在我头上。我只好把书顶在头上，当作临时雨具。沿苦竹竿淌的雨水，被风吹进崖壁，倒流，成了我的“屋檐水”。

松树被风倾轧，树冠卷成了一团，似乎要腾空飞起，像水母浮在水下。满山的松树，翻卷着灰白油青的松毛针。它们如大海中千帆竞发的帆船，迎浪而行。崖石边，一棵水桶粗的松树，却显得无动于衷，树冠随风而动。它粗壮的枝干如复杂有序的木梁，支撑着巨大的屋架。一棵巨松，屹立着，形如一个圆柱形的垛。树冠墨绿色，暴雨之下，静默如海。松是红松，皮红，外皮壳易皲裂，如旱田，沟壑纵横交错。松已种植了三十余年。山并不高，由南向北伸展的山梁被模糊的雨线抹去了山尖。山成了一座虚化的山。

哗啦，一棵针叶枯黄的松树，慢慢倾斜，倒了下去，把雨珠弹射出一圈雨花。风吹不倒松树，但能折断有刀斧之伤的枯松。有盗伐松树的人，不把树砍倒，而是把树根沿圈砍，深入木质，留下一截木心。树慢慢失去了水的供养，针叶慢慢萎黄。在树林里，枯松就像一个披麻吊丧的人。入秋之后，树干变得很干燥，只待一场大风，它就会如一堵墙一样，訇然崩塌。

一棵有年数的树，并不容易自然死亡，即使雷劈了，烧焦了半边，可树还是活的。雷劈的树，不是拦腰劈，而是雷落在某一根大主干上，啪啪啪，打入地面。树轰轰轰烧了起来，被劈的一半烧死了，像个骷髅。来年春，另一半仍萌发蓬勃的枝叶，冲天而起。地衣把树身缠绕了起来，裹得严严实实，长出蘑菇和木耳。这样的树再活一百年也没问题，它一生所受的苦所受的难，已完全受完。它漫不经心地活，与山川俱老。

我看过一些老树，死得特别痛苦。像一头老牛一样，被蒙上黑眼布，拴在香椿树下，被斧头敲死。我见过一棵香樟树，沿圈剥了一米来高的树皮，树晒了半年，叶子慢慢黄了，可并不死，新叶出来了。裸露的木质变成了深黄色，青苔长了出来。又被人用斧头砍了半圈，香香的木屑引来很多蚂蚁和其他昆虫吃。树不会轻易死去，树不会死得那么冤枉。但它最终成了冤魂。刀斧口被抹了一层水泥，水泥每一天都吸着树的水分。樟树彻底死了，树上一片叶子也没有。樟树经受了长达一年多的折磨，死出一副砍树人希望的那个样子，死得赤条条的。

这还不是死得最残忍的。有一种叫箍树的杀树法，更凶恶。用一个铁箍，箍在树的根部，像镣铐一样，锁着它。箍把纤维压缩成了结结实实的木质，树在半年内死去，一节一节往上死，树叶落尽了，树也被晒干了。像上吊而死的人，呼吸被一根绳索终止。这样的杀树法，通常用在木荷、苦槠等生命力极强的野树上，它们的根系太发达，枝叶太婆娑，唯有终止它们的呼吸。

被戕害的树，暴雨做了最后一次了结。倒下的树，放在山上阴干一年半载，被锯成一截截，扛回家，锯成了木板。

瀑从断崖飞落。断崖之下，我看不见。喷薄而出的树冠，有海桐、冬青、含笑、麻栗。这是一条深沟，从无人下去。树冠在雨中摆动，如翩然起舞之人的裙摆。雨滴在凹崖前，簌簌作响。我张望着天，也张望着四周。整个山野只有我一个人。或者说，我一个人拥有了山野。我容纳了山野。

两头牛沿石阶而下，一前一后，甩着尾巴，哞哞哞，一路低沉地叫着。这是放养在太平山的牛，也不知道是谁家的。雨从牛背浇下来，顺着牛毛滴。牛毛一绺绺，雨水在牛的腹部两侧，形成了稀疏的雨帘。牛肥壮，后臀抖动。牛并不惊慌，似乎它们早已习惯了暴雨。

雨遮没了山垄。山垄呈波浪形，两边斜斜的山体尽可能地把雨水装了进来。轰的一声，我又听到了一棵大树倒下。我双眼搜索着对面的山，只有松树在呼应着大风。风在叫。树在叫。

风从深沟里涌上来，刀一样剃走了山樱叶。我感到有些冷，双手抱在腹部。我的脸上淌着水珠。我把衣领竖起来。幸好，我临出门穿上了防雨的长披风。披风的下摆开始滴水。石阶上的雨水已汇集成了山溪，卷着烂树叶、断树枝，往山下冲。

风渐渐弱了，雨也渐渐下得零星，视野渐渐明朗。树林安静了。

水往低处流，人往山上跑。我起身往太平圣寺小跑而上。我的鞋子全湿了，灌了很多水。太平圣寺是一座荒庙，无僧人。庙有一个土房庙殿，庙后有一栋三家屋(三家屋是赣东的民居土屋)。庙里住有两个外地人，均为四十多岁的男子。据说，这两个人是舍弃了家业，在这里自种自吃，不闻世外之事。他们是外省人，我不认识。我狼狈不堪地走进三家屋，抖着满是泥浆的裤脚，坐在厅堂矮椅上，凑近火盆烤火，烘烤鞋子、裤脚和披风。个头瘦高的男子热情地泡上热姜汤，问我："要不要烤两个红薯吃？"另一个壮实的男人说："地窖里藏了两千多斤红薯，还有几块地的红薯没挖上来。"我说："谢谢了，我自己来烤红薯吧，做这个事，我很喜欢。"我扯了两片大白菜叶，把红薯包起来，埋在炭火下。

风止歇了。乌云又盖了过来，天更加阴沉。两道闪电从庙殿前的梓树上掉下来，如死亡之魂在痛苦地扭动。闪电幽蓝炫目的光在游走，弯来弯去，如一条携带着电光的金蛇。"咔嚓嚓，轰隆隆——"，雷滚过了屋后的山尖。我身子震颤了一下。雷声比我预想的更震人。我情不自禁地抬眼望着瓦屋顶。给我红薯的那个瘦高男人说：冬雷来，第一次冬雷来了。

"冬雷来了，油菜可以栽种了，冬笋也可以开挖了。"我说。

"冬雷把一部分种子震醒了。枇杷、柚子、核桃，它们的种子很快会发出芽来。"壮实的男人说。

"你在这里生活，有几年了？"我问。

"有两年多了。很喜欢在这里种地。"

"种地,在哪里都一样。"

"不一样。这是一个被人遗忘的山坞,说是寺庙,但没有僧人也就没有了香客。大多是来往歇脚的人。这样的世界,很清静。"

"一个人,是否获得清静,在于内心,外在是其次的。"

"外在和内在都是重要的。外在有外在的性情,内在有内在的性情,两相呼应,便是一种圆满。"

我没有再接话。他是一个久居山野的人,我是一个久居樊笼的人。山野和樊笼,隔了一条叫作人世的大河。

"被人遗忘地活着,才能活出本我。"壮实的男人说。我抬眼看了看他,又望着屋外已经到来的密密雨线。我说:"被人遗忘其实很容易,忘记别人才难,活在世上的人,哪可能会忘记别人呢?我们有家人,有爱过的人,有施恩于己的人,这些人都不可能忘记。"

我们沉默下来。与门正对面,是一座矮山梁。杉树青青。雷声又滚了一次,车轮碾压在冰面上一样。雷声沉甸甸。雨密集地下,嗒啦嗒啦,屋檐水嘟嘟嘟,泻出白线。天慢慢明朗——乌云最终溃散而去,如数化为冷雨。

黄浊的水在院子地上流,顺着斜坡而下,汤汤而去。风衣没有了水汽,摸起来,暖暖软软的。红薯的香味从灰堆里冒出来,散了整间屋子。"慢火煨红薯,大火煻狗毛。"这是一句乡间俚语。我用木枝把红薯拨出火堆,撕开烤焦的白菜叶,吃了起来。

天色将晚。我看了一下手机,才四点十分。落雨的冬日,天暗得太快了。在门口站了十几分钟,我道了谢,下山了。我没有问他们是哪里人，姓什么，有过什么样的过往，为什么不远千里到山中来，居住在被遗弃的寺庙里。即使我问了，也没有意义。被需要彻底遗忘的人，会是什么人？

匍匐在路上的牛筋草，一脚踩下去，飚射出水。我加快了下山的步伐。八步岭没有水流了，碎屑的柴枝树叶挂在路边的灌木枝上。“八步岭，为什么叫八步岭呢？”我疑惑。石阶陡峭，深深地斜下山脚，八步怎么走得完呢？之后，我问了很多人，都不知道这个地名的来历。有一次，我无意中听一个本地的堪舆师说，是太平圣寺建庙时，有一个僧人凿石阶，一个月凿八级，凿了一年，才凿完工。一个石阶，一个踏步，故名八步岭。建庙已是几百年前的事了，先人化作了尘土，石阶留了下来，供人往来。这个说法，没有什么依据。岭呈内“八”字形，我想可能是因地势而得名。

山脚下，是一块废弃了三十余年的菜地，呈三角形。山胡椒树有几十棵，但不大，最粗的一棵也只有锄头柄粗。村人不识山胡椒的好处，长得略粗了，便砍下来，做扁豆扦。山胡椒树直条，砍了又发枝。在霜降时节，我会来采山胡椒籽，麻白麻黑的颗粒，晒两天太阳，碾碎，和辣椒一起做酱，加生姜，加大蒜。这是最好的辣酱了。野菊连缀成片，灿烂的金色给山野增添了许多生机。暴雨还没摧残它。或者说，暴雨对它无可奈何。它贴地而生，正旺盛地开花。这是它最后一季花，它为此穷尽了力量。溪沟的芦苇剩下枯涩的芦秆，芦衣被风卷成了一团。

过一个兔头形的山弯，到了水库坝顶。我望着向南的峡谷，暮霭低回。更远一些，便是村舍和开阔的田畈。坝底下，水在溪涧里轰轰地奔流。水急匆匆地离开山谷，流向饶北河，似乎宽阔的河流才是它的容身之所。除了水声，再也没有任何声音了，即使有，也不是我耳朵可捕捉到的。山峦净碧，静默如初。山尖露了出来，像拔地而起的竹笋。松树一层挨一层，挤在山坡上，形成一道墨绿色斜面。勾画出天际线的山脊起伏而饱满，如马背。山腰飘着白岚。

我进山口的时候，天毫无雨意，风在刮着，刮出刀片割玻璃的声音。其实，是我没看到积雨云，积雨云躲在山梁背后。云被风送来，也送来了暴雨。是的，凭我一双肉眼，看不透天色。天色是反复无常的，天色没有喜怒哀乐。站在水坝上，对着峡谷，我大喊一声："这是哪里？"

"这——是——哪——里——"，回声在久久回荡，又不着痕迹地消失殆尽。

季节的斑纹

唯有亲临原野，我们才能感受到自然浓烈、原始的色彩。美国作家安妮·迪拉德说："有一种北行是我希望完成的，是种一心一意地朝某处去的艰辛旅行，在那个地方，任何在晚上开向天顶的快门，将记录整个天空星星的旋转，那是个完美同心圆的图样。我寻求简约、脱落、舍弃。"我亦溯河而上，去往河流的出生地，洗净自己的眼睛，带上一颗赤诚安宁的心，放下杂琐细碎之事，把双脚交给大地，就会被煦暖、洁美的色彩紧紧拥抱于怀。

多汁的、被流水涤荡了的色彩，让人内心鲜活。身处其中，我如鱼游于水，鸟嬉于林。安妮·迪拉德头顶上旋转的星空，也在我头顶上旋转。我们任何时候前往原野，它都会以野花、青草、飞鸟、溪水，远远地迎接我们。即使是在萧瑟、冷寂、沉睡的冬天，原野的色彩仍然撩拨我们的心弦。像出门做客的乡人收拾衣裳一样，稻田被收拾得干干净净，朴素、低调。稻草均匀地铺在田里，素黄素白，紫云英露出浅青的芽尖，遥看似无，近观涟涟青青。每一块稻田似一张竹篾席，铺展地晒出大地的空无：休养生息是人的哲学，也是土地的哲学。没有南迁的白鹭，只有不多的几只，聚在一口荷塘里，啄食鱼虾，偶尔伸长脖子，对着天空嘎嘎嘎欢叫。荷塘水浅，黑泥半显半沉，支起残荷枯叶。

田畈中间的一排小白杨林，落尽了树叶，树杈间现出了空空的鸟巢。去年 4 月，在长达约三里余的小白杨林，我徒步半天，一棵一棵地察看树上的鸟巢。新绿的树叶肥厚圆阔，散发一种青涩、浆水的气息。树杈如一把撑开的伞骨，叶子披挂，树荫重叠。我看到了两个喜鹊巢。喜鹊巢，在两里地之外就可以辨别出来：像个葫芦挂在高高的直杆上。喜鹊以枯枝搭外巢，内室铺以柔软枯草，在旧巢之上建新巢，如树上的茅草房。

林中，大多是小鸟巢，如山雀巢、黄鹂巢、蓝鹟巢。山雀巢以动物体毛、棉花、软草编织，挂在枝丫下，如一个无嘴的甜瓜形酒壶；黄鹂巢倒挂在树枝下，毛糙随性，如张开的袋囊；蓝鹟巢筑在枝丫之间，精细严密，如冰激凌卷筒。林下有一条宽约两米的泥坑，溢出雨水。泥坑里，一丛丛毛茛，开出粉黄的小花。在向阳的林边，射干举起了花苞，如凤蝶栖于茎头。我采了一枝盛开的射干花，插在草帽上。一个背竹篓的妇人，问我："这种花，好像只有这一带才有，叫什么花呀？"我说："射干，花朵六瓣，每枝茎都会开出花。"

"我也采几枝，插在玻璃瓶，摆在桌上。"妇人说。

铜钱草浮在水面，翠绿翠绿。戴菊鸟叼着棉花，呼噜噜飞往小白杨树。我仰着头，看见树杈上，有两只戴菊鸟在筑巢。林边有一块田，棉秆没有砍，枯涩发黑，但并没倒伏。山麻雀、戴菊鸟、灰鹨在棉田啄食、嬉戏。林子的两边，大部分的田已翻耕，却没有灌水，黑褐色的泥块一垄垄地斜倒着。没有翻耕的田，紫云英结着黑黑的草籽，草叶依然油绿。紫鹭站在泥块上，抖着翅膀，头上的一绺羽饰如美人的流苏。

沿着泥坑，我找鸟窝。很多鸟，喜欢筑巢在林下的草地。坑上长着茂盛的马唐草。我用一根树枝拂草，草哗哗哗地从树枝流过去。找了一里多长的草丛，我也没发现一个鸟窝。在一块种了荸荠的水田里，田中央凸出一大块淤泥，淤泥草色葱茏，草中隐隐约约露出一丛脸盆状的枯草窝，我挽起裤脚下田。田里是烂泥，脚踩下去，噗噗噗响。枯草窝里，有五只鸟蛋，鸟蛋灰白色，和鸡蛋差不多。“这是绿头鸭的蛋。”我嘀咕了一下。随即，我又否认了：从来没有发现过绿头鸭来过盆地。这会是什么蛋呢？秧鸡或水鸡的蛋？也不可能，它们的蛋色不是这样。我知道，孵卵的亲鸟很快会回来，我拔脚退回到附近一块干田里，伏在田埂矮矮的苟骨树丛，等亲鸟回来。草帽成了我藏身的道具。果然，一只“鸭子”从河边飞过来，“喊喊喊”地叫着，趴下身子抱窝。原来是一只鹈鹕。

若是阴雨天，在原野，我常常把上午与下午混淆起来，把下午当作了上午，或者把上午当作了下午，看看天色，也看不出来。人在弥眼的色彩之中，会有恍惚感。有一次，我去看一个烂塘，出现了长时间的恍惚。烂塘在景宁冈。之前，那里是一块山垄田，因为修机耕道，田被堵塞了。田在8月之前，是烂塘；在秋冬季，是一块莎草地。塘里没有鱼，有非常多的青蛙。烂塘如深井，青蛙跳不上来。我坐在烂塘边的苦楝树下，看鸟吃青蛙。鸟是灰背伯劳，站在塘边的矮灌木上，青蛙浮出水面，伯劳啄下去，叼上来，飞到山边的油茶树上，啄食。莎草还没长高，水面荡着稀疏的草叶。十几只灰背伯劳在烂塘吃食，飞去飞来。烂塘如它们丰盛的粮仓，而它们小小的肠胃，成了青蛙的填埋场。伯劳啄下去，叼着青蛙的头部飞走，青蛙犟几下腿，死得无声无息。我看得眼睛发花。我从没看过青蛙这么高频率快节奏地被鸟啄走。

烂塘的两边是矮山冈，粉团蔷薇正艳，红扑扑的，一蓬一蓬盘踞在矮灌木上。一株野梨树蓬勃而起，冠盖斜散，如一股喷泉。雨后的山野，更加明净，远处的灵山浮着残云。我想起丹麦作家凯伦·布里克森写旷野："我们就这样静静地站在树荫下，抬头就能看到金色的山峰和清澈明亮的天空。那种感觉真像在海底漫步，身边有水流通过，抬头看到的，是海面。"

我抬头看到的，是一个拱形圆顶的玻璃器皿，与天空等同。器皿装着大地彩色的倒影和翻卷的气流，也装着我渺小如颗粒的影子。在指甲花般沉寂的下午，抽苗的油麻将继续抽苗，凋谢的油桐花继续凋谢。我也将继续恍惚，或者沉默。但我也确实听出河水的流泻声，鹪鹩在岩石间的巢里嘁嘁嘁低叫，乌桕叶唰唰唰地绿，山寺的钟声随风而过……

站在山冈，田野收入眼底，葡萄园在不远处，藤蔓绕枝。在7月、8月，葡萄熟了，一串串挂在藤架上，如紫水晶做的铃铛。岔路口，穿花裙的姑娘在树荫下卖葡萄。天露白，鸟被果糖的芳香所引诱，迫不及待飞往葡萄园。狗晃着尾巴，伸出舌头，在藤架下扑鸟。四周的野猫，也汇集在这里。果蝇嗡嗡嗡聒噪。淡青淡紫的葡萄叶，遮蔽了大片的干田。

摘葡萄之时，荷花最盛。在葡萄园东边，可以近看荷塘。荷塘在一大片烂田中央，花虽烛台高照，却无人去采。秧鸡两只，一老一少，如孤儿寡母，站在荷叶上临水照镜。

稻熟了，原野的色彩似乎更迷人。田野，有着乡人赤裸熟晒之后的肤色，和暂别之后的温酒气息。走进田野，我会想起炽热的宽阔胸膛，飘散远去的民谣。斜缓梯次的原野，被厚重、淳朴、大度的色彩所覆盖。整块整块的金色稻浪，和纵横交错的浅黄色田埂豆秆，织就了秋天。斑鸠围拢稻田。小白杨林满目渐黄，渲染了早霜的冷酷。天一直干燥着，草叶一日比一日枯黄。人，似乎很快老去。

路边的秋菊却金灿灿的，如夜色中寺庙的油灯，一盏，一盏，一盏，供奉给大地。荒田里的蓼子花，星星点点。在夕阳将落时，我可以感觉到，似乎有群马奔跑——云飘得太快了，拉着群山往南跑。

灵山山脉自东向西，如鲸鱼浮出海面的脊背，黝黑、溜滑，有着斜长的弧线。我们以朝圣者的眼光，遥望山脉，如同遥望人类的原乡。东南风从山南涌向山北，带来了春雨，带来了草青和布谷鸟的求偶声；西北风从山北漫过山南，带去瑞雪，带去归途，带去将尽之年。墨绿的杉林，透出冷涩、松弛、迟缓的抒情色调。夕阳被山巅架上了人间的最高处，炽热燃烧，然后留下灰烬般的黑夜。

趁秋熟，没有比去河边钓鱼更有意思的事了。抄一根四五米长的钓竿，带一板五米多长的渔线，拎一个鱼篓去水坝钓。郑坊盆地没有天然湖，哪怕小二型水库也没有。河水太充沛的地方，湖没有存在的必要。即使没有湖，有一个深潭也是好的。即使不钓鱼，在深潭边坐一个下午，也是好的。我也会像约翰·巴勒斯一样，坐在草地的树桩上，静静地守着刮脸的北风，望着奔忙的水流，等待夕阳加冕山梁。我曾徒步寻访饶北河上游的深潭，空手而归。这一带，地势平坦，形成不了深潭。洪水带来的泥沙，填满河床凹处，泥被水淘洗冲走，沙沉淀下来，一层积一层，成了沙坑。

水坝在三里外的河上游。河岸两边的田野，零星地开着伏地野花，岸边的柳树缠住了秋风。这是不冷不热的季节，色彩绚丽，视野明净，延绵的山冈如浪堆叠。山是黄土山，每一道山梁如驼峰。

能否钓上鱼，并不重要。渔线抛入河面，三分钟之内，我如一根木桩——无论我多么心烦意乱，心绪难平，只要看到渔线慢慢滑下水，浮标在水面轻轻颤动，便彻底安静下来，非常专注地看着河面，留意四周的动静。

在每次去钓鱼的路上，我兴奋难抑，哼起无人听得懂的自编小调。脚走在河滩、走在田埂的感觉，与走在木地板的感觉完全不一样，松软的土质让脚舒爽，人浑身松弛。路上，可以看见河流的开阔地带，构树已然落叶，如一封封无人接收的家信。枫杨树高过了河堤，遮挡了岸边的村舍。大白柳垂在沙洲，如衰迈的老人，每每令我念及《诗经·小雅》之诗句："昔我往矣，杨柳依依。今我来思，雨雪霏霏。"

雨雪霏霏。北风刮了一天，地面刮出灰白色，山寒瘦。枯枝和残叶被风彻底扫荡。傍晚，风骤然缓了，墨汁一样的夜色浇透了四野。但天很快慢慢发白了：冬雪从北山撮下来，一层层往下白。雪泛着冷白的光。苍穹黑如枯井，深不可测。雪在低空，旋舞着落下来，如蒲公英。

四野慢慢浅白。雨窸窸窣窣，雨点并不密集但雨滴大。当啷当啷的瓦声，清冷且清脆。近六年来，不是每年都有冬雪，即使有，也下得稀薄。但去年临近腊月下了一场，雨夹雪下了前半夜。我一直守着窗户看下雪。雪积在窗台上，一片一片地叠高。

雪渐渐消融，山褪去白色，一层层往上素黄浅绿，驳杂之色成了冬日的底格色调。枯叶将加速腐烂。山尖留下最后一块积雪，迎接菊花色的阳光。四野磊落。一夜之间，枇杷在溪野开满了栗色的花朵。几只幸存下来的胡蜂，在采集花粉，嗡嗡嗡，如棒槌敲打在弹棉花的拉弓上。作为蜂中最顽强的生存者，漫长的冬雨在等待它。于昆虫而言，那是一场更残酷的绞杀。

枇杷花谢了，"咕——咕咕，咕——咕咕"，深山有了鹧鸪一声长两声短的鸣叫声。鹧鸪播报了自己的情书。鹅肠草露出了尖细的草芽，酸模从泥缝里张出了两片细叶。风从南边来，软软的，如拂子茅拂在脸上。地锦返青，小圆叶一节一节地长了出来。所有被藏在地下的自然秘密，将被南风一天天揭晓，并展露出俊俏、天真的笑容。我们也终将知道，原野永远不会衰老。

“我沿着一座小山陡峭的山路而下，穿越一大片糖枫林，走近铁杉林。”我被美国作家约翰·巴勒斯《在铁杉林》这简短的叙述深深吸引。我也戴上草帽，背上水壶，去往原野，领略四季。每次去往原野，我都会被迷人的色彩陶醉。我不想活得复杂，想活得更纯粹一些，以人本来的面目去活。

鸟事

每天都有几十只鸟，在公元的房墙上，叽叽喳喳，这让我十分羡慕。早上，我坐在义钦门前喝茶，看着对门公元的房墙，鸟从砖窟窿里探出头来，喊喊喊，叫得好不快活，似乎在说：新的一天来了，真是一件幸福的事。屋檐下，鸟如壁虎一般吸（爪抓住墙砖）在墙上，歪着头，朝路上行人看。鸟大多是麻雀、鹡鸰、山雀和鹎，也偶尔有斑鸠、噪鹛。有两截PVC管（浴室排气管）伸出二楼墙体，斑鸠或噪鹛爱站在这里，把横管当作悬崖上的粗枝，嘘溜溜地叫。四楼有一扇没有门窗的窗户，麻雀成群地飞进去，也不知道去了屋里找什么吃。

在中篷巷，只有公元的房墙（没有粉刷的裸砖墙），天天有鸟在嬉戏。它们叽叽喳喳地叫，它们拍着翅膀跳来跳去，它们在墙上追逐——它们的快乐是无穷无尽的。中午，墙上的鸟更多了。我又一个人坐在义钦的小院子，望着墙上的鸟。我数了十几次，也数不出墙上有多少只鸟：鸟跳来跳去，跳得我眼睛发花。有时，我一个下午都坐在这里，看墙上的鸟。我好几次问公元："你四楼有鸟进去筑巢孵卵吗？"公元说："没上去过。我爸上去过，寒冬的时候，有上百只鸟在楼上过夜。"

"这么多鸟，来我楼上过夜就好了。"我说。我太想有鸟来我家楼上过夜了。我几次想把自己四楼的门窗拆卸下来，都被我爸否决了。我爸说，山上那么多树林，鸟住的地方，比我们阔绰，你看看人多可怜，一辈子睡一个房间，在一栋屋子里生活，鸟想去哪座山哪棵树筑巢，随时去，一年至少换一个地方筑巢生活，比云游和尚还自由。我便开始埋怨给我建房的师傅——建房时，我对师傅交代，在四楼的房墙上留十几个墙洞，方便鸟筑巢。师傅把我的话抛之脑后，一个墙洞也没留。

有许多种类的鸟，喜欢与人亲近，甚至喜爱营巢在房墙洞、瓦缝、烟囱、窗台、阁楼、空房间，与人共居屋檐下。我二哥的厅堂(大门内门顶)筑了一个燕巢，我每天去看一次燕子。三只雏燕趴在窝里，耸起毛茸茸的脑袋，长着黄喙，嘻嘻嘻叫着，等待喂食。大门关了，燕子从楼顶天台的门洞飞进去，飞下楼道，来到一楼。楼道成了一条连接天空的鸟道。鸟的道路四通八达。

每栋屋舍挂着红灯笼。红灯笼从正月初一至元宵，夜夜通红如天上的街灯。平常时日，灯笼悬在屋檐，并不点亮，斑鸠在灯笼里筑巢。灯笼像个婚房，红绸暖帐，日日笙歌。孝红的老婆说："斑鸠年年来我家灯笼安家，孵了好几窝小鸟了。"

炎哥养了一只黄猫，专偷吃鱼、肉，还跑到床上拉体物。炎哥的爱人和我说:“买了肉,放在厨房,还没切,我去洗手间,肉就被猫偷走了。”我妈晾在阳台上的年夜鱼,被猫啃去半截,只好扔掉。义钦养在水池里的两斤多鲫鱼,过了一夜,剩下几片鱼鳞。黄猫蹲在孝红屋檐下,仰着头,眯着眼,对着灯笼看。灯笼里的雏鸟喳喳叫,黄猫伸出舌头,舔嘴巴。黄猫跳起来,伸出爪子,可怎么也够不着灯笼。我妈用一根竹梢赶猫,责骂一句:“你这个死吃的家伙,偷吃那么多鱼、肉,又想吃斑鸠了。”黄猫喵喵叫两声,灰溜溜跑了。可过不了一个时辰,猫忘记了竹梢,又回到屋檐下,对着灯笼看,像个好奇的猜谜孩童。

丁酉年冬天,特别冷,阴雨绵绵,斑鸠、山雀、麻雀、乌鸫、小仙翁、白鹡鸰等鸟,进入厨房吃食。我也不关厨房门,让它们自由出入。鸟吃食太困难了。我把四楼的一间空房间,敞开门和玻璃窗,在地上撒谷子。头三天,只有零星的几只麻雀来,很细心地啄食谷粒。过了一个星期,斑鸠和乌鸫来了。我三天撒一次谷子,撒了七次。我坐在四楼楼梯拐角处,看着它们吃。它们边吃,边扭过头看我,把我当作一个稻草人。

有一个鱼篓,是我请篾匠青师傅编的。鱼篓大,肚子滚圆,篓口如钵。我取来十厘米粗的 PVC 管,横出四楼外阳台,管子套进篓口,黑纱包紧,雨伞遮住鱼篓。这是我做的人工鸟窝。在阳台外的管口,我撒了谷子。我的预想是这样的:鸟在管口吃食,会进入管子,发现管内“别有洞天”,既透风又防风,既透光又遮光,还是个天然躲避天敌的地方,太适合营巢了。过了夏天,我也没发现有鸟进了鱼篓。

我不死心。戊戌年初春,我又做了一个另外样式的鸟窝。我找来一只船形的小篮子,搂了稻衣,揉软了,垫在篮子里,如摇篮。我把篮子放在二楼晒台。晒台有三平方米,呈“U”形。我舀了米、碎玉米、黄粟各半碗,撒在晒台上。晒台下,一株忍冬长了五年,爬满了墙,藤蔓遮了半个晒台。天天有许多鸟来晒台吃食,站在栏杆上嬉闹。过了3月,我仍没发现有鸟在篮子里筑巢。我再也不去看篮子了。可能是我做的人工鸟窝太粗陋了,鸟嫌弃。我这样想。

过了初夏,我去晒台晒被褥,发现篮子里有十几片鸟羽毛,稻衣被鸟趴得严实,鸟屎晒干了。初级飞羽如一把棕扇,纤羽白如银雪,正羽灰如铅云。我也看不出这是什么鸟的羽毛。我懊悔,自己太没耐心了。鸟出窝了,才发现鸟曾来育雏。

鸟来我家筑过巢。我家厨房单独另建在屋后,有一个砖砌的长烟囱拱出屋顶。厨房只用过一次,平常堆杂货。有一次,我在三楼晒腊肉,看见一只上体蓝黑色、翅具白斑、下体前黑后白、后部白色的鸟,叼着一只蜻蜓飞进烟囱,我心生疑惑:难道烟囱里藏着摇鹊鸲的鸟巢? 烟囱有四个小窗口,囱顶盖个瓦帽。鸟从窗口进出。我坐在阳台,看了一个上午,发现共有两只摇鹊鸲进出烟囱,计七次。一只下体前黑后白(雄鸟),一只下体灰褐色(雌鸟),交替进烟囱喂食。怪不得,院子里天天歌声(鸟的鸣叫)不绝,悠扬婉转,充满着生命的希望。

摇鹊鸲属鹟科鸟,尾如折扇打开,姿色俏美,鸣声风流,性喜活泼，被人称为四喜鸟，喜欢在家畜圈栏里觅食，吃虫及虫卵、软体动物，因此也被乡人称为猪屎雀。摇鹊鸲与人非常亲近，叫一声摇一下尾巴，像一个吹着口哨的无忧少年。它热衷于泥墙或老树找洞穴营巢，安贫乐道。张志和在湖州谒见颜真卿，写《渔歌子》赠之："西塞山前白鹭飞，桃花流水鳜鱼肥。青箬笠，绿蓑衣，斜风细雨不须归。"我觉得张志和不是写渔翁，而是写摇鹊鸲。可我还是第一次看见摇鹊鸲在烟囱里营巢，且还看不见巢。再也找不出比烟囱更适合营巢的场所了，阴凉、干燥、通风、避雨、防天敌，不被外界干扰。家就是避难所。

老房子没拆的时候，有单独一栋矮房子，做猪舍。猪圈上横隔了许多木条，木条上堆稻草或柴火。矮房子外有两棵枣树和一块菜地。摇鹊鸲常在稻草上筑巢。枣树是它们的乐园，嚁嚁嚁，终日叫个不停。枣树砍了之后，摇鹊鸲很少来我家院子了。鸟去鸟来，季节的风车轮着转，烟囱成了摇鹊鸲的长生塔。

老房子有一层木楼，在年少时捉迷藏，我常躲在木楼上。木楼放箩筐、蓑衣等杂物，也放了有两副空棺材。有一次，我悄悄爬上木楼，想藏身棺材，却见一窝小鸟窝身在里面。小鸟满身黄灰色羽毛，毛茸茸，见了人，"呜嚁嚁呜嚁嚁"，惊骇地狂叫，爹开翅膀，昂着脖子，甩着喙，喙头如弯钩。我连忙下楼，语无伦次地说："棺材里有一窝鹰。"多年之后，我才知道，那不是鹰，而是草鸮。鹰则筑巢门口大樟树上，站在树底下，可以看见脸盆大的枯枝搭建的鹰巢。鹰的羽毛黑如木炭。鹰试飞，会有雏鹰落进树下的水稻田。早稻刚扬花，稻浪一层层，如重峦叠嶂。雏鹰落水，羽毛湿透，飞不起来，“呀啊啊，呀啊啊”呼叫。老鹰在盘旋，却无计可施。我捡过雏鹰，养在笼子里，喂鱼喂虾，它不吃，“恶狠狠”地瞪着金色虹膜的眼睛。它对人类有一种天生的愤恨和警惕。

我发现（没有科学论证），在盆地，鸟筑巢的高度，与飞翔的高度紧密相关。高空飞的鸟，如白鹭、普通鵟、杜鹃、山鹰，均筑巢在高树或悬崖上，中低空飞的鸟，如麻雀、柳莺、绣眼鸟、相思鸟、灰雀、斑鸠、鹡鸰、环颈雉，在草丛、灌木丛、竹林、墙洞安居。巢越高，巢盆越大。

村里的墙体，大多粉刷了，喜欢在墙洞筑巢的鸟，开始“移居”到瓦缝、窗台、伸出墙外的粗管子里。天蒙蒙亮，麻雀钻出瓦缝叽叽叫。启叔还住在瓦屋，雨季前，翻一次屋漏，瓦翻盖一遍。每年翻屋漏，翻出十余个麻雀窝。公元家两截伸出墙面的 PVC 管，直通浴室吊顶上面空阁。斑鸠钻进管子，在空阁筑巢。公元说，我洗澡的时候，斑鸠在唱歌，如在山中泡温泉。

孝春的房子是半裸砖墙的。他房子东边和北边，是大片的菜地和树林。树林不大，但树很高，有香椿树、樟树、泡桐。我每天去看看。摇鹊鸲、噪鹛常在他屋顶上叫。他屋子常年冷冷清清，鸟带来了生机和喜庆，对于一个久病的人来说，听得懂鸟声该多好。

路路的房子，在巷子的岔路口，有一个大院子。院子里种了两棵梨树、一棵枇杷树、一棵枣树、一株美人蕉。院子常年锁着栅栏式的大铁门——房子自建好，十余年无人居住。果树上，聚集着很多鸟，果熟时，鸟更多，啄食水果。枇杷初黄，我看见灰树鹊在黄昏时，天天来到树上——树上昆虫太多了。屋后是一片菜地，有一天傍晚，我去山边小路散步，路路的爸爸在拔大白菜。路路的爸爸很客气，说："我这个白菜鲜甜，拔两株去炒年糕吃。"我和老人说着话，看见斑鸠、麻雀往房子四楼窗户飞进去。我问老人："四楼是不是有鸟在筑巢啊？"老人说，人不住了，鸟住，四季住。

庚子年四月，我请裁铝合金的师傅，给我四楼天台做个小阳光房。师傅拿着卷尺来了，量了尺寸：长三米二，宽一米二。在进天台的门顶钉不锈钢架，以钢化玻璃制顶。我请求师傅，记得在屋檐下三十厘米的水平线上，以等分的距离，把四支四十厘米长的钢筋条打进墙体。师傅问："做这么小的阳光房，干什么用呢？摆个茶桌都不够啊，不如把天台全盖了。"我也没回答。

可能是师傅太忙，也可能是面积太小，到了五月底，小阳光房才盖好。我扛了八块木板上楼，搁在钢筋条上。我用转盖的垃圾桶做了一个人工鸟箱，放在木板上。我左看右看，越看越满意。我又用纸箱，做了两个人工鸟箱。在地上、木板上、鸟箱里，撒了一碗白米、一碗碎玉米。我想，天台没有植物，墙体又光滑，鸟很少会来到天台上。鸟吃食、营巢，需要一个生态环境，光有食物还不足以吸引鸟来。年冬，我得在天台种植果树、果蔬。我拿卷尺量了天台，估算了一下，可以种一棵枣树、一棵金橘，再种几株黄瓜、金瓜。有了植物，鸟有了枝头。干完了事，浑身湿透，头发上、衣服上沾满了灰尘。"你怎么像个扫地和尚，太脏了。"我妈见我蓬头垢面下了楼，很吃惊地问我。

斑鸠、摇鹊鸲、麻雀、白头鹎、白鹡鸰等鸟，喜爱在屋舍某个角落筑巢，可它们孵卵的季节已过。我只有等来年，它们(或其中的一类)来鸟箱营巢。我想零距离地记录鸟筑巢、孵卵、喂食，记录雏鸟破壳、长毛、吃食、试飞、出窝。我得天天守着它们。想想这个事，都觉得很有意思。没有比这个更有意思的事了。我记录过黑领椋鸟育雏、记录过黑水鸡家族三年踪迹史，这个观察和记录的过程，也是我见证和重温生命的过程，让我学会敬畏生命。从筑巢到雏鸟出窝，每一天发生的平凡事情，鸟付出了巨大的爱与生命的热情，感人至深。爱造就鸟光辉的一生。

每一只飞翔的鸟，如星宿绽放。

一碗苦茶

对门的邻居娟婶，拎着一个白布袋，对我说：你找一个东西来装一下，这是谷雨茶。我从桌上抱起一个大玻璃罐，打开红塑料皮盖，说："装这么多足够了。"

"一玻璃罐装满，也没半斤，再拿一个玻璃罐来装。"娟婶边说边把手伸进布袋里，抓起谷雨茶往玻璃罐里塞。

"这个玻璃罐可以装六斤蜂蜜，不小了。这么好的谷雨茶给我喝，我都不知道怎么感谢。"

"你人好，这点谷雨茶，算不上什么。你不嫌弃茶糙，我已经很高兴了。"塞满了玻璃罐，娟婶说，"把香火桌上两个茶叶罐也装满。明年说不定爬不了山，摘不了谷雨茶呢。"

"够了。我也不是一年到头都感冒。我现在就去泡一碗喝，喝了全身舒畅。村里，你采的谷雨茶是最好的。别人都采不了。"

"我的茶，有三十八种叶子，别人的茶最多只有十六种。"娟婶摸着茶叶说，"叶子种类越多，益处越多。"

“这样的好茶叶,你要教教别人采摘,不然失传了,很可惜。”

“谁还会去采树叶，满山绕坞采一天，累得半死，不值几块钱。”

“好东西不以钱衡量。好东西是智慧的结晶,无价。”我这样一说,娟婶笑了,说:“你记着,茶叶每年晒一次,免得上腐,被虫蛀了。虫喜欢吃。虫蛀了,喝起来有腐味,效果也差。”

“我一片叶渣也舍不得浪费,哪会留给虫吃。”

娟婶走了,我烧水泡茶。我妈说,只有你要得到娟婶这么多谷雨茶,别人想喝一碗,都很难,这份情太贵重。我说,下次回来带些东西给她,我哪好意思白要。我妈说,她那个脾气,不会收。

谷雨茶是苦茶的别称,因采于谷雨这天,故名。这是我喝过的最好的茶。它是茶,也是药。茶叶由三十八种植物叶子组成,热水冲泡饮水汁,因而有了茶的名号。

其实,对一个地方,哪怕是我们青春年少滚爬的地方,我们的认知也是极其有限的。像熟悉自己的肌肤一样熟悉它,但对毛细血管里的东西,我们还是无知的。在越熟悉的地方,越需要谦卑、温和。我们以为深知了,恰恰相反,陌生之处远远多于熟悉之处。我们所认知的部分,大多流于表象。

正如我不知道村里还秘藏着苦茶。2016 年夏天,我重感冒十余天,在市里吃药打针也无济于事,整天昏昏欲睡,浑身酸疼,干渴胸闷,鼻塞气短。我对我爱人说,我回枫林住几天,调养一下。“怎么瘦了这么多,下巴尖下去了。”一个月没见,我妈见我病瘦了很多,很是心疼,说,“一个感冒摧倒人,以后怎么生活。”

我妈站在屋檐下,叫:“娟,娟。”

“叫我?”娟婶从门口探出头,应答。

“苦茶抓一大撮,泡一碗。”

“不知道有没有效果,喝一碗看看吧。”娟婶抱了一个玻璃罐过来,往我大碗里倒茶叶。

“这是什么茶?看起来跟咸菜干差不多。”我说。

“谷雨茶。也叫苦茶。”娟婶说。她边说边抖玻璃罐,抖了半碗茶叶。我看不出是什么植物的茎叶,有粗有细,有卷有直,有叶有茎,有黑有黄有褐有灰。对植物辨认,我算是比较在行的。但这一次,我竟然只认出其中有绿茶,其他茎叶,完全不认识。我说:“这里有很多种草叶,你这个玻璃罐,像个大药箱,把一座山全部装进去了。”

“几片树叶,又不值钱。你喝一碗看看,有效果,晚上再喝一碗。温热喝,喝出汗就舒服了。”娟婶说。

开水冲泡下去,苦茶漾出黑褐色的茶汁。碗面上,丝丝白气萦绕,氤氲一股植物的青涩味。我浅浅地喝了一口,满腹狐疑地说:“怎么一点也不苦,还有很好的回甘,微微甜。这叫什么苦茶?”

“苦茶只是名字,又不一定是味苦。”娟婶说。

浅浅地喝,喝了十几分钟,一大碗苦茶喝干了,额头出了涔涔汗液,胃部滚热。我坐了几分钟,脖子、腋窝、腹部,开始慢慢淌汗。咽喉也不干涩了。

晚上又喝了一大碗，去河边散步，洗了澡，倒头便睡。第二天起床，身子也不酸疼了，也不鼻塞了。喝了一大碗粥，我又去河边散步，散步回来，喝一大碗苦茶。我对娟婶说，苦茶太神奇了，一碗苦茶下去，全身通畅。娟婶说，这算什么，苦茶醒酒特别快，醉得不省人事，一碗苦茶下去，醒了一半。

喝了两天的苦茶，感冒好了。我摸搓着苦茶叶，问娟婶，苦茶有哪几种树叶？教教我，我也学会去采。我妈说，你嫂子跟娟婶上山采了几年，也没学会，只采得出十几种树叶，那么多种树叶，也只有娟婶记得住、认得全。

"有厚朴、乌饭柴、凹杜仲、山田七、山楂、杜鹃、大叶野紫荆、檵木、苦槠、苦丁、野山茶、甜茶、茶叶、甘草、野樱桃、藿香、金银花、苍术、三叶木通、五叶木通、白术、半夏、卷柏、五加皮、陈皮、茯苓、大腹皮、白芷、紫苏叶……多得很，我一下子也说不上。我采的谷雨茶谈不上最好，才三十八种叶子。我妈在世的时候，她采四十六种叶子的谷雨茶，那才叫好。感冒、胃气胀、醉酒、腹泻、呕吐，喝一碗下去，叫得应。"娟婶说。

"你怎么不采四十六种的谷雨茶呢？还有你不认识的草叶？"

"我们这一带的山矮了，有几种植物，没有。金线莲，我们这里就没有。金线莲生在高山上，在有水的大树底下，见光线不见太阳，很难找。"娟婶说。

"你别看一碗苦茶，要找十几个山头，才能把三十八种叶子找全了。这个山头有这几种，那个山头有那几种。一般的人，爬三个山头，一天过去了。采谷雨茶，不但要会认叶子，还得体力好、爬山快。你看娟婶瘦瘦的，爬起山来像一头豺狗。”我妈说，“喝一碗苦茶，哪有那么容易。”

“这么好的苦茶，可以采起来卖，肯定卖个好价钱。备在家里急用，比板蓝根、午时茶还好。喝酒的人也喜欢。”我说。

“谷雨茶谷雨茶，只采谷雨这一天。一天采不到两斤。辛辛苦苦爬十几个山头，摘点苦茶，谁也舍不得卖。”我妈说。

“去年谷雨下雨，我爬了七八个小时的山，才采了不到一斤谷雨茶。金畚斗坞、董家棚、唐僧坞，我都爬。为了摘五叶木通，我还去了斗坞。这一带，只有斗坞有五叶木通。”娟婶说。

“苦茶，我以前没听说过。我家里从来也没有喝过。”

“你喝过，你忘记了。你小时候，经常喝我的谷雨茶。我嫁到枫林，你才一岁。百草治百病，谷雨茶是个好东西。现在的人不上山，以后没谷雨茶喝了。我的两个儿媳妇，也不上山采。”娟婶落寞地说，“这是山里人世世代代传下来的。”

“你把叶子的种类告诉我，我记下来。以后我上山采。”我说。

“你去采，是一句空谈。你爬不了那么多山。我说的叶子，都是土名。有的叶子属于解毒泻火，有的叶子生津补阳，上火的人可以喝，脾胃虚的人也可以喝，药性中和了，味道也中和了，所以你喝起来，一点也不苦。苦丁单独泡，性寒味苦，放在谷雨茶里，喝不出有苦丁味，被甜茶冲走了味。植物还分山阳、山阴，药性也不一样，阴阳相生也相克。”娟婶是个目不识丁的人，说出的话，让我刮目相看。也许这些事理,也是山里人世世代代传下来的。

我请教娟婶:“为什么苦茶仅仅采摘在谷雨这一天,而其他时间不采呢?有什么说法吗?”

“我也说不上所以然。听我妈说过,在其他时间采,茶的药效不好。古上传下来的东西,肯定有很多道理。我这样想,谷雨是春天最后一个节气,是春天的阳气最足的一天,草木发了叶芽,叶芽羞嫩,喝起来口感不糙。我也没试过在其他时间采。”

“明年谷雨,我在家多待几天,看你做茶。”

“你还真想学啊。”

我带了不多的谷雨茶回市区。我孩子的舅舅是个嗜茶的人,也是个嗜酒的人。我给他一些,特别交代,别当普通茶叶喝,应急的时候才喝,这是钱买不到的,珍贵着呢。过了半个月,他对他姐提起了苦茶的事,说,苦茶醒酒快恢复快,能不能多买一些,他身边的几个酒鬼,想讨一点喝。我爱人并没和我说这事。我是中秋回枫林时,我妈跟我说的。我说,娟婶送苦茶,情太重了。我拿了一箱酒送给娟婶,她怎么也不收,还反手送我十二个番鸭蛋。

第二年谷雨,早上,我妈给我打电话,说:“娟婶问你,今天要不要回家,她要上山采谷雨茶了。”我说,我在路上了。

到了太阳挨山边了,娟婶背着一个包袱,才回到家。她上午采了一包袱,下午采了一包袱。她的屋檐下,摆了两个大圆匾,晾谷雨茶。她把包袱里的谷雨茶抖在圆匾里,用筷子扒开,散匀。各种植物的叶子,散发出深山的气息。娟婶说,再晾一天,明天晚上可以揉谷雨茶了。

看了圆匾上的叶子，我发现自己十分浅薄。我能辨认出来的植物，也只有十余种，如乌饭柴、凹杜仲、山楂、杜鹃、大叶野紫荆、檵木、苦槠、苦丁、茶叶、野樱桃、金樱子、金银花、卷柏等。有些叶子很眼熟，叫不上学名。还有一些叶子，我压根没见过。一座山，真是一个浩瀚的世界。绵延的群山更是无边的世界。面对群山，再高傲的头颅，都要低下来。

炎叔在烧灶膛，娟婶在炒谷雨茶。锅烧红了，把火退出来，冷却几分钟，晾干了的谷雨茶青倒入锅里，用手翻炒。双手对抄，抛起茶青，落下去，又翻炒抛起，落下去。灶膛不能烧得太热，也不能冷下去，锅太热了，茶青会焦，锅冷了，茶青的湿气去不了。娟婶抖着手指，茶青落在锅里，白蒸汽慢慢腾上来，遮了锅圈，绕了厨房。一圆匾茶青，分三锅炒，一锅大约炒二十来分钟。茶青翻炒一次，叶子软塌一些，缩卷一些，青色减褪一分。

我看不清炒茶人，也看不清烧锅人，只看见灶膛的火在噼噼啪啪烧，锅里的茶青慢慢变得卷曲。

炒上来的茶叶，摊开在圆匾晾燥气。上锅茶叶不晾，人喝了生燥气，爱发火。燥来自灶膛里的劈柴火。两圆匾茶青炒了近两个小时。炎叔说，喝上一口谷雨茶，太难了，烧出满面柴灰。“做什么不难，吃一碗白菜，还要种、要浇、要肥，霜还把白菜打烂了。谷雨茶上山摘现成的，还更容易。”娟婶说。娟婶摊开赤红的手给我看，说，炒了几锅茶，手都烫红了，你炒不了这个茶。

炒绿茶，我倒看过很多次。炒谷雨茶，和炒绿茶差不多——手抄上茶叶，轻轻搓揉一下，抛起来，再炒。看起来很简单，做起来却很难，火候难控，搓揉的力度难控，炒上来的频率难控。学炒茶的人，炒坏了十几锅茶，才慢慢熟练了手法，炒了三五年，才得心应手。茶叶炒得好的人，心灵手巧，心眼细。

庚子春，我们一家四口连续不间断感冒，去医院不方便。我便跟我妈说，请娟婶多摘一些谷雨茶，分一些给我。这个茶，应急太好了，有个头疼脑热，撮一些泡，喝一大碗，真是痛快。谷雨茶的品相确实有些糙，然而，但凡喝过的人，没有不喜欢的。

一玻璃罐谷雨茶带回了市里，放在冰箱顶上，也没开喝。每天都可以看见它。我在想，怎么会有这样的茶呢？是谁把几十种茎叶归类、杂糅在一起？是朴实的一代一代先民，把对深山的理解、对人的理解，不断地统一到了肉身上，才有了谷雨茶。

溪声

在郑坊盆地野外观察两年之后，我以为，自然之声最美妙的序章是：四季的溪声，夏晨的布谷声，夏夜的油蛉声，秋日山冈上的风声，冬夜的暴雨声。

秋风肃杀，风声如弯刀在空中飞旋，呼呼呼呼，席卷并收割万物，最令人敬畏，也最令人悲伤。初夏的清晨第一声啼叫的鸟，是布谷，“噶咕——噶咕——”，两声长两声短，叫得多么亲切，拖着露水一样晶莹剔透的尾音。“噶”在我的方言里，与“家”同音，于是在我听起来，就是“家姑，家姑”地叫，说有多亲昵就有多亲昵了。布谷叫了，黄豆黄瓜下种了，它也求偶孵卵育雏了。布谷的每一声啼鸣，都催出种子微笑的生机。油蛉对着月亮拉竖琴，把田畈当作自己的露天舞台，它们坐在田埂上，蒙着草影的面纱，悠扬地拉起路易斯·施波尔的《幻想曲》，拉起杜塞克的《C 小调奏鸣曲》，田野散发抒情的腔调。冬夜的暴雨声激越凌厉，给大地强烈的碾压感。暴雨下，树木瑟瑟发抖，屋顶晃动着倾斜，大地像一张泪水横流的脸。雨声坚硬，沙子一样堵塞了我们的发声系统。

溪声婉转，以一种声调周而复始：咕咚咚，咕咚咚；或叮叮咚咚，叮叮咚咚。溪声永不止歇。假如它止歇，那么溪已死亡，以水的消逝而终结。

溪是最小的河，是流速变化多端的河，是大河的最上游。大河辽阔，浪声滔滔，浑圆的落日照耀每一个人的黄昏。舟横于野，鸟翔于天际，鱼群浪游。溪却狭窄，出于山中，溪边芭茅、芦苇、藤萝、灌木丛生。溪是藏在幽谷的叶笛。溪声，是我们一生的童谣。

一种曲调，却有无穷的韵律。庚子年四月，不知什么原因，在凌晨两点，我会准时醒来，醒来之后，很难入睡。窗外的溪声咕咚咚、咕咚咚，显得更清脆，更柔美，更明亮。像一道暗盒里玉质的光。我夜夜听得入神。每次听，我觉得溪声与《生佛不二》协奏曲非常相似。《生佛不二》是钢琴与长笛的协奏曲，以轻缓柔曼的钢琴演奏序曲，继而长笛渐渐悠扬，再而合奏，钢琴曲收尾。长曲如春日雨霁，雨水漫溢大地，太阳呈菊蒿花色，光晕雪白。雨水漫过之处，草尖抽芽。溪声潺湲，一连串的音节从水波翻卷出来。溪水撞击小块鹅卵石，水声如钢琴弹奏而出，音阶忽而高忽而低。溪浪推着溪浪，连绵不绝，水声如长笛幽怨。

窗外半扇形的田野，即便是黑魆魆的深夜，仍有微淡的天光析出来，光如水色荡漾。我靠在床上读《圣经》。短道速滑运动员萨拉丹丹送给我两本《圣经》，一本黑皮，一本红皮。我把黑皮版带回了枫林。在失眠的深夜，读《圣经》，可能是最好的辰光了。溪声，像是给我一个人的阅读伴奏。假如是明月之夜，远山会清晰地呈现，像一块巨大的屏风，雕琢着青松、月色和夜的倒影。我便感觉到，此刻的人世间，等待天亮的有三个：月色、溪声和我。而我是虚拟的一个，虽有人的形体，却随时可以被清风吹向田野。月色和溪声，塑出了人的魂魄。月色苍远，溪声绵绵。这样静谧的夜晚，会有人来到我的窗前，与我相见。与我相见的人，都是多年未见的人，或者无法相见的人。有时，来人穿着麻色短袍，掉光了牙齿，他把我抱在胸前，轻轻抚摸我的头。我忍不住轻轻唤一声："我的祖父，你为什么又从大地深处反身回来？"有时，来人围着灰黑色淡黄条纹的围巾，眼神低低地看着我，一言不发，慵倦的样子像淋了细雨，急欲发芽。我伸出手臂，想揽住她的腰，可揽住的是一截远去的流水。我神往遥远的星空，那里定居着与我遥遥相见的人。

是的，我们都是溪水的客人。溪水迎接我们，又送走我们。把我们从哪里接来，溪水不知道；把我们送到哪里去，我们不知道。

谷雨时节，我在峡谷里，看见了三只白颈鸦。它们沿着九曲的溪涧飞，栖落在香椿树上，栖落在柳树上，栖落在木荷树上。它们的尾羽像一束黑蓝色火焰。"咭儿喊——咭儿喊——咭儿喊"，它们的叫声湿漉漉，被水泡涨了一样。白颈鸦的发声器，如两块空空的老檵木合击在一起。这是一种独一无二的叫声，如啄木鸟在啄高高的树洞。白颈鸦在峡谷出现了五天。它们不是呼朋唤友，而是欢欢求偶。夜里一点半，白颈鸦的叫声，会在田野某一棵树上，孤零零地响起，约在三点结束。这是我第一次发现，白颈鸦在深夜会按时啼叫。夜鹰也会在深夜巡游时啼叫，哇哇哇，婴孩恐惧时啼哭一样。可盆地里，已多年没有夜鹰巡游了。白颈鸦在深夜啼叫了十余天，便不叫了。我不知道它为什么在深夜啼叫。它深夜的叫声，很悠长，也急促。它既像不死之鸟，又像末日之鸟。

溪声应和了白颈鸦啼鸣。这是两种不一样的原声，韵律和节奏差别都很大。奇妙的是，交织的声调产生了巨大邈远的和声。我站在窗前看田野，除了虚虚的白和飘浮的黑，我什么也看不到。溪流就在窗下，蛰伏在堂弄与田野之间。

在晚上九点之前，早上五点之后，溪声并不真切。行人来来往往，嘈杂声声如瓦罐破碎。家禽与土狗也多。溪仅仅剩下流水，声音消失在繁杂的人世间。即使在无人的峡谷里，溪声也不响亮。我沿溪边往峡谷，走了十余次，也没听到一次如晚间透亮的溪声。鸟声沸腾，尤其是松鸦，十余只成群，在溪边的杂木上，撒欢嬉戏逗趣。它们在争偶。它们棕衣一样的羽毛，往往被同伴啄了下来。但它们乐此不疲。其实，鸟叫声不影响我对溪声的聆听。而这样的现象确实存在：任何声音，在白昼的传送，变得更稀薄。溪声也是如此，软软的，糊糊的。无疑，众多动物的繁杂声对声音的传播有影响。因为鸟作为大自然重要的成员，它们需要在白昼尽情表演。声音对声音有了干扰。

在峡谷的尽头，是枫林水库。大坝底下，是深壑。筑大坝时砸碎的岩石，也堆在这里。深壑两边的山，如两个巨型的草垛。山把峡谷收拢，形成一个风口。碎岩石堆，已被葛、七节芒、络石、笤帚茅、檵木、野麻、金樱子、刺藤、覆盆子、蓬藁、构树、野山茶等繁殖力很强的植物覆盖了。大坝泻下的水，在藤叶草丛之下，发出咕咚咚的溪声。壑中碎岩石比较大，水声在石块与石块之间，形成水声的回音壁。溪水声有了轰隆隆的音效，听起来很激越。每次去水库，我得在坝底下站一站。激越的溪声，让我激动。

在雨天，溪汇集了山体流下的雨水。雨遮蔽了天空，雨线密得看不见。雨吸走了天空中的光，吸走了大地上最后一丝热气。天空如一个水球，爆裂了，水哗哗哗，以一滴集结一滴、一滴拉扯一滴的形式，赶赴大地。峡谷像声音的魔盒，被雨打开了。雨打树叶草叶声，雨打岩石声，雨打水面声，雨滴垂打雨滴声，雨水在山体的流泻声，它们合奏在一起，吞没了溪声。我想起在古代乱世逃亡途中的马群，在峡谷，马蹄翻飞，蹄声嗒嗒。雨停止了，溪流才爆发出振聋发聩的咆哮，让人惊骇。

在少年时，有一次我被溪浪的咆哮吓坏了。仲夏的暴雨如水枪直射，山溪一下子上涨了。我在拱桥底下躲雨。拱桥下，有一道石头砌的矮石墙，溪在墙下翻涌。黄浊的水浪高高翻起，又落下，水轰击着石墙。我感到石墙在剧烈晃动。溪声轰轰作响，有强烈的吞噬感。石墙侧边有一棵斜长的老柳树。我紧紧地抱着柳树根。祖父冒雨找到我，拉我走。我还不敢松开手，我的牙齿狠狠地咬着嘴唇，嘴唇血糊糊。上了溪岸，我的双腿还在打战。山溪暴涨，曾发生过淹死小孩的事件。

门前溪流源自太平山的一口泡泉，与斗坞的山泉水，形成了两米宽的溪涧。二十年前，村人每日清晨挑水桶，到拱桥下的石埠挑水喝。一担水桶，约百升容量。大人提一个水桶，叉开脚，从水潭掀水上来。水潭约一米深，潭口有两个，一个供饮水，一个供洗衣洗菜。潭边嵌着长条青石板。也有小孩来抬水，一高一矮，水桶摇摇晃晃，晃到家里剩下半桶水，裤脚被水溅湿。早餐之后，妇人在埠头洗菜，说说笑笑。也有妇人把摇篮摆在水潭边，嘴巴哼着催眠曲哄孩子睡，手里浆洗衣服。溪通过村前公路涵道，涌入饶北河。

涵道是圆筒形，溪水流过去，音质变了，呜呜呜。像一股风在涵道里打旋。我跳下溪，把头伸进涵道，一个圆形的亮光罩住阴寒的另一端洞口，耳鼓有轰轰轰的噪音，溪水却是哗哗哗哗。人站在涵道外不同的位置，音色不一，音量也不一。涵道成了溪水的共鸣腔。鱼喜欢聚集在这里觅食。往涵道扔一个石块，鱼啪啪啪击打水面，但不逃跑。溪入河口，也是鱼聚集的地方。溪水把饭粒、米粒和菜叶等，带入了河里。宽鳍鱲、白条、鲫鱼爱吃。与饶北河交接处，是厚厚的淤泥，面上沉着细沙，河水在这里回旋，淤泥外便是一个潭。潭下有大鲤鱼。

与穿过村子的平缓溪流不同的，是出自白山篷的溪涧，一路湍急。穿过村子的溪流在山之阳，白山溪在山之阴。山巅以西，有略矮的山峰，石白色，名白山。在民国时期，这里是原始森林地带，老树参天。守山人姓吴，在山中很小的深坳搭篷而居。山坳遂取名白山篷。吴氏在二十世纪六十年代移居下山，森林也日渐减少，直至消失，灌木、地衣、茅草等依势而生。山坳呈筲箕形，地势北高南低，溪流出约一里地，突现一个断崖，断崖高百尺，且崖壁内凹如瓮壁。

崖下深潭，有多少米深？我不知道。也从无人下去，水太冷。崖瀑飞溅，如白练当空舞。瀑是跳崖的溪。百米之外，我们就能听到溪瀑奔泻的哗哗哗声。水花飞溅。崖壁黝黑，长有厚厚的水苔和地衣。有一种形如雨燕的鸟，4 月来到盆地。它斜倾着身子上上下下翻飞，叽叽叽，叽叽叽，亲切得像是叫亲人回家一样。它斜身穿过溪瀑，在崖壁上筑巢育雏。落水声喧哗不息。溪终年长流，百年也未见断流。

而穿过村子的溪，到了农历七月，便无水可流了。水被引到田畈去灌溉农作物。溪成了死溪。冬雨来了，溪又活了过来。活过来的溪，让村野有了魂。唱着野曲的魂。在严冬和寒春，是酥雨最盛的季节，下得不知疲倦，溪日日盈满。有了泠泠溪声，我便舍不得在寂寂的夜深睡去。整个巷子里的人都入睡了，屋舍漆黑。巷子里没有了跫然的脚步声，没有了咳嗽声，没有犬吠，溪声是我的所有与唯一。无边无际的寂静如蓝色的湖泊，假如有残月或碎星，湖泊便有了更为广阔的哲学意蕴——大地上所有的一切，等待寂静慢慢唤醒。溪声是寂静的一种异形，是另一种更为深邃的寂静。溪声是浮在湖泊上的一层幽蓝之光。

世界分批次来到我面前——田野渐渐明亮，山峦浮了出来，麻雀钻出隐藏在瓦缝的巢，田畈开阔了起来，石榴树摇动树枝的影子像一张漂白的帆，门闩拉开的响动有些笨拙……大路终于朝天。世界上最伟大的艺术，永远在野外。以声乐来说，溪声便派生出了鲁契亚诺·帕瓦罗蒂、莎拉·布莱曼、迈克尔·杰克逊，派生出了《图兰朵》《天鹅湖》《雪狼湖》，派生出了《信天游》《茉莉花》《送别》。我发现，大自然的高贵之处在于：天籁凝聚了人最美好的品格，即使是平凡之物，也散发光辉，慰藉心灵。

其实，溪不迎接人，溪把每一个人送到河埠。人在河埠上船去往远方，溪声在血液里回荡。人在世间的路，不会比一条溪更长。

春信的形式

枫杨林河滩一带，有两个小䴙䴘家族生活。自去年10月，小䴙䴘每日在河水较深的水域觅食。今年2月13日，在长约半公里的河道，我早晚踱步四次(往返)，也没见小䴙䴘的踪影。河水已漫上了草滩，疏疏的枯草被水漾着。我想，会不会河水上涨，小䴙䴘不出来觅食呢？但这不大可能。小䴙䴘是游禽，不是涉禽，水略有上涨，不影响它们觅食。

14日，清晨六点半，我裹着厚厚的大衣，竖起衣领，守在枫槐树下，静等小䴙䴘出来。树下的芦苇丛，有小䴙䴘的巢穴，我年前就探寻到了。守了一个多小时，小䴙䴘也没出来。15日，16日，17日，我又去探寻了，仍不见它们。我确信，小䴙䴘已离开饶北河，飞向北方。我很不情愿地自叹：春天来了。

南来北往，既是鸟定期的迁徙，也是时间的一种戒律。万物都在时间的戒律之内，发生、成长、衰亡。我穿上球鞋，背了一个帆布包，便去登屋后的山了。我妈说，下了几天雨，你怎么想到去爬山了呢？我说，山顶上，有一个与我们不一样的世界。屋后的山并不高，海拔约四百来米。山上的树木以油茶树、杉树、松树和木荷树居多，山顶有一块篮球场大的石灰石。岩石平坦，缝隙里长了一种叫卷柏的植物。在盆地方圆十里之内，我只在这里看到过卷柏。卷柏根须很细，抓土吸收水分，到了深秋以后，处于濒死状态的样子，叶卷曲枯黄。它就像一个在沙漠中被渴死的人，脱水窒息，然后被沙埋了，成了木乃伊。

而自然之物，在复杂的生存环境之下，会出现假象，有时即使是死，也是假象。饶北河有一种鱼，叫点唇银鮈，体长，侧扁，栖息在有砾石的河道，属鲤科银鮈属。我们捞上它，放进木桶，它已经死了，翻出白白的鱼肚，眼睛也翻白。我们用树枝拨弄它，它直挺挺地躺着。我们以为它死了，扔进河里。它忽溜一下，钻入深水里，转眼不见。草蜥也会假死，受了伤害，无法脱逃时，草蜥躺在溪边岩石上，一动不动。只要它翻转身子，便幽灵一样溜走。树也会假死。海拔四百米至一千两百米的南方山岭，一种方言叫苦树的灌木，生长在这个海拔高度，秋后即死，叶枯枝断，树皮发白。苦树一般生长在石崖的薄土上，靠雨水而活。可一场春雨浇下来，苦树又活了过来，半个月内，树皮返青，树叶蓬勃翠绿。卷柏也会假死。

第一场春雨到来，卷柏返青，茎叶舒张发胀，像卷心菜。我们还分不清这场雨究竟是冬雨还是春雨。冬雨催腐，春雨催生。这是冬雨和春雨最大的区别。也似乎在告诫我们：将生之物源于已腐之物，已生之物必成朽腐之物。在季节交替之际，人对自然的敏感性，显然不如动植物。大多数人依据历书和节气，来认识时间的节律，而非来自观察物像。我登山，询问卷柏：春天来了吗？

指甲抠一块卷柏茎上的皮，茎露出了青蓝色。我确信，早春已潜入了山野的活体。

风依然很冷，呜呜呜，刮得脸生痛，针扎一样——倒春寒开始了。雨绵绵，很匀细地下，有时下一整天。有三个熬过了严冬的八十多岁老人，在短短几天之内，后脚赶前脚地离世。每故去一个老人，我妈妈坐在厅堂，叨念半天。她跟我说离世老人的一生，说他们的坎坷，说他们的晚年。“再难走的路，也走完了。”说完，我妈妈仰天长叹一句。她没有说出口的，我知道。我尽可能地安排时间，陪着我妈。尤其在寒冬寒春。

雨歇了。我拿起柴刀和木锯，给石榴树、梨树修枝。石榴树散枝太快，在发叶时期，树干枝干抽很多芽，鸟喙啄壳一样，芽尖啄破树皮，疯狂地长。趁它们枝干光秃，我把大部分枝干锯下来，用塑料皮封住锯口。我还没看到落叶树发芽。枫槐、杨柳、厚朴、杜仲、枣树、香椿、栗树、山毛榉、梓树、桑树，它们的枝茎刚刚发青，但还没有幼芽。石榴树、梨树在春临之前，越剪枝，幼发枝叶越繁茂。一部分的死，成就了更多的生。或者说，生，永远在取代死。让我意外的是，石榴树的树干上，爬了很多蜒蚰。蜒蚰又称蛞蝓，属软体动物，和蜗牛很相似。蜒蚰无壳。我一直弄不明白，蜒蚰来自哪里。早春时，它是最早来到我院子里的陌生来客，在端午之后又消失。蜒蚰爬过的地方，留下黏糊糊的黏液。它生活在阴湿的石缝、树干、水池底下，晚间活动，太阳上升之前躲起来。它是春天的先知。我端一个盐盒，把盐撒在蜒蚰的身上。蜒蚰在半分钟内脱水，化为一摊水。我把花架移开，每块石板下，都有蜒蚰蜷曲在地面上，黄黄白白的颜色。我用树枝挑一下它，它蠕动起来，四处乱爬。鸭子发现蜒蚰，唰唰唰，把它刷得干干净净。

每天，我得去峡谷四处走。峡谷无人。山道一路斜坡而上，沿着山弯转。这几日，每次去，我听到半山上的山谷有一种鸟，叫得十分响亮，“嘟呜噜——嘟呜噜——”。山谷完全荒芜，种下的茶树成了野茶，二十几个老坟被箬竹、泡桐、女贞、海桐、棕树遮没了。养蜂人在荒草地带，摆了二十来箱蜂。看守山林的人，偶尔也上山检查林木。他问我：“这是什么鸟，叫得这么孤单？”

我说：“是黑喉噪鹛。”

他说：“这个鸟，肯定很好看。”

我说：“为什么？”

“它的名字太复杂，谁也记不住。给鸟取名字的人，费了很多心思。好看的鸟，才值得费心思。”看守山林的人说。

“名字和好不好看，一点关系也没有。”

“它叫声很特别。这样的叫声，只有一种。这种鸟，就这段时间叫得欢，其他月份很难听到它叫得这么密集。”他舌尖被修短了似的，口腔含着水一样说话。但我听得不费劲。

“你听过很多鸟叫吧。”我说。

“山垄走了三十多年，太熟悉了。哪里有野猪，哪有山麂，我都知道。还是鸟好，叫起来好听，就是不知道鸟的名字。”他晃着腿走，说得很起劲。可能他说话的机会少，在山林待得久了，会慢慢失语。我也没再接话。我怕他伤心。黑喉噪鹛一直在叫：“嘟呜噜——嘟呜噜——”

噪鹛是画眉科鸟类，在盆地，无处不在。在溪边，在稻田，在菜地，在山谷，在开阔的河滩，它们小群生活。黑喉噪鹛大多生活在低地的矮灌木林，或茂密的草木间杂处。在早春，群落分散，雄鸟独独去寻找一个小山林，发出悠远的叫声，呼唤伴侣。它的求偶声非常感人，“嘟呜噜”，吐出千样幽怨万般孤独。它上扬婉转的声调，令我读出这样的蕴意：我不想被孤独地遗弃，快来吧，春天来了，我渴望伴侣。叫声伴随着春风吹来，吹向即将苍郁的山野。

杨清明是个很爱移栽山苗的人。他见我种果树，便对我说：“你来帮我看看我种的猕猴桃。”我疑惑地说：“你种的猕猴桃，和别人种的不一样吗？”

“你来看看，我不懂才叫你来看。”他说。我跟着他，拐过屋角，过一条田埂路，到了他家。他把我领到屋前侧边的坟前，涨着酒脸说：“猕猴桃藤粗吧。”

“当然粗。你的猕猴桃架刚好把坟遮住了，真是个好主意。这株猕猴桃至少种了七年，可以摘一箩筐猕猴桃。”我说。

他探下身子，把指甲轻轻摁在丫节上，说：“你看看，今年的幼芽啄出皮了，很快发出了。”我挽起细藤条，看了看，每个丫节冒出绿豆大的芽苞。我说：“只要再来一场雨出两天太阳，芽苞一下子抽叶了。”

“每年出很多叶,花很多,把架子压弯了。花再多也没用,不生猕猴桃。我冤枉种了这么多年。”

“怎么不会生?你是哪里买的种苗?”我又疑惑了。

“这样的苗哪用买。有一年去斗坞摘猕猴桃,这一棵,我就摘了一蛇纹袋。猕猴桃甜得像酒酿。我狠狠心,把它挖下来,种在这里。谁知道它不结果。”

“花粉传授不了,有花无果。”

“我不明白这个道理。它种在我菜地里,长了藤,一个果也不结。这个世界上,哪有这种道理。”他摸摸腮帮,说,“我叫你来看,你说一个理给我听。给它下那么多肥,指望结果泡泡酒。”

“猕猴桃分公母。你栽的这株是母的。母树开花,要公树花粉传授过来,母树才会结果。你这里没有公树,所以只开花不结果。”

“藤还分公母,第一次听说。”他笑起来了,说,“明天我上山再挖两株下来种,今年就有的吃了。”

看完了猕猴桃。我说,你来我家坐坐,喝一杯好茶。他说:“茶喝不来,我要么喝水,要么喝酒。应该我请你喝茶,你反倒请我喝起来了。你说一个理给我听。”

“哪有那么多理说。”我说,“猕猴桃这么早萌芽,我是第一次看到。桃树梨树还是皮糙节硬,要过一个月才发芽。”

“哎呀,你这个都不知道。春雷一声响,猕猴桃第二天冒苞。”

“谁听得出天上打的,是冬雷还是春雷啊。”

"太容易分出来。冬雷咕隆隆隆隆,放连珠炮。春雷咕隆,咕隆,咕隆,天空像玻璃裂开。"他斜撇着头,说得很认真。他真是个有意思的人。

节律在关键的刻度上,会发出我们难以察觉的号令。如空气的湿度、植物皮层的色泽、动物的叫声、水温、风向和雨阵等等。春临秋至,是改变生命形态的两个节点。譬如说雨阵。雨的到来是有阵势的。冬雨来自西北山,乌云盖住了山顶,像被一口黑锅倒扣着。云厚厚的,密不透风。云下,风在扫荡。我看不见风,云留下了风的形状。云层下的散云,如一团抛在湍急水流的肥皂泡。雨从西北山一阵阵黑过来,天出现了阴阳天,视野看见之处,被雨罩了的,如黑水横流;没有雨的地方,如溪水清亮。雨阵像被狼追着跑的羊群,舍了全身气力跑,往南边低矮的盆地跑,跑着跑着,跑到我们屋顶,雨哗啦啦,从瓦沟倾泻下来。

春雨(哪怕是第一场春雨)则不一样。云从山脊往天上涌,涌出一层白浪,白浪推着白浪,浪头从南山塌下来,雨细细密密,看起来是油青色,雨点圆(落在头上,不是尖尖的颗粒感),慢慢过饶北河。有时过不了饶北河,但不停,风把雨星子吹过河。雨像一群蜜蜂,飞着飞着,落在田野里,哪儿也不去了。春雨像个走路的人,慢慢走,走一程歇一程,走走歇歇,或者一直慢慢走,日夜不停地走,因为它要走遍大地,把温暖的口信带给每一个人,带给每一绺根须,带给每一双翅膀。口信作为古老的信息传递,印在水井里,印在树皮里。被口信所通知的万物,面容再一次清洁,心肠更柔软，精神勃发。走路的人，也有急迫时候，把闪电当作马车，挥着噼啪作响的银鞭，向北狂奔。赶路的人，总是心急的，想将口信一次通告完成。或者说，赶路的人抛弃了归途，急需和最远的等待者秘密接头，他们在野外摆茶，说悄悄话：一年一度的重逢多么宝贵。

——我很冀望自己是那个最先接到口信的一拨人。我在盆地及盆地附近的山垄，闲走了半个多月。我去被遗弃的梨树林，去乱坟冈，去露出河面的小草洲，去十几年也无人耕种的烂田。在那些地方，隐藏着很多时间的密码。“郁郁黄花无非般若，青青翠竹皆是法身”。一个新的季节来临，对于任何生灵，都是一件惊天动地的事情。我不可能无动于衷。事实上，所有的生灵都为此做好了充分准备，或赴生，或赴死，或死而复生。生与死，画出生命的圆。

壅上

壅，指石头与黏土夯实的堤，来自古老的吴语。郑坊在春秋时期，隶属吴国，我所说的方言，归属吴方言。我们称河堤为壅。

饶北河两岸有长约四公里的壅，始建于二十世纪六十年代，以石灰石砌两边墙体，墙与墙之间塞沙石，填黄土和泥沙。壅宽约四米，高约三米，像一列停在废弃车站的火车。这火车从来不鸣笛，但会冒浓浓的蒸汽——暮秋初冬的雾气，笼罩了河的两岸，白茫茫迷蒙蒙一片——湿气雾化，是常见的自然现象。秋日越晴朗，雾气越弥漫，把树林都遮住了。树林如一团影子，被雾影印出来。雾来自河面，也来自树林。

树长在壅的临河侧墙。树的种类并不多。最多的树是枫杨，3月发叶，两场雨水，几日太阳照射，叶遮得树冠密不透风。每一棵大枫杨，冠盖达三分地，树高达十五米以上。白额高脚蛛在枝丫间织网，雨滴挂在网上，滢滢亮亮，几日不蒸发，也不滴落。树上有各种鸟，红尾蓝鹊、红嘴噪鹛、长卷尾、斑鸠、大山雀、树莺、鹛鸥、低地黄背鸦、乌鸫等，日日可见。枫杨4月开花，花串如长串珠，花瓣呈荚状。孩童把花摘下来，夹在眼皮上，如吊铃，抖着花串走路。河边有沙土的地方，枫杨疯狂地长，三五年便长得七八米高。在无人去的沙草地，枫杨在十年之内，便形成密密的林子。树挤着树，竞长，枝条长，枝干细。树冠几乎是抱着树冠，飓风和洪水对它们也无可奈何——树干有钢竹一样的弹性，树冠和树冠形成了巨大的体积，可以抵抗任何飓风和洪水。而独生的枫杨，却粗壮，高耸参天。枫林驾校练车场侧边，有五棵枫杨，长了十五年已有十五米高，一人环抱粗。高枝上，有粗枯枝搭建的鸟巢，看起来像筐箩。

枫杨是一种砍不死的树，怎么砍，它也不死，哪怕只留下树根或一枝，留待春天，也会发出十几枝新的枝条出来。于是，有了这样的枫杨，砍了几十次，又长几十次，树根粗如水桶，枝干却纤细如竹。枫杨唯一的死法是剥皮：根部切一圈树皮，整张撕扯下来，树叶慢慢凋落，木质发白发黑，要不了一年，整棵树枯死，树根的水分被抽干，彻底死去，再也不发芽。可没剥树皮的人，谁会这么残忍呢？谁会让一棵无辜的树，以一年半载的时间，把死的过程展示给人看呢？

与枫杨争绿的，是香樟。香樟冠盖之处无野草，叶太密，不透阳光，地衣植物和藤萝却很丰富。冬月，香樟结满树的黑籽，浆汁紫黑色，沾染在衣服上，洗不掉色。乌鸫和斑鸠喜食。它们的群落庞大，上百只甚至上千只来到壅上，边吃边呼朋唤友，喊喊喈喈地啼叫。香樟长了十余米高，便婆娑了，也无人再砍——木质香，具有某种神性。谁砍香樟树,会遭人口伐。忍冬、络石和薜荔,是河边最常见的藤本植物,有高大树木的地方,必有它们。但鲜见它们攀缘在同一棵树上。尤其是薜荔,叶肥藤壮,根系(藤节上的细须)发达,一直攀缘到树冠上,从枝头往下坠,翻出绿盖。薜荔果在 6 月挂满了藤,油桃的形状,青绿色,严冬之后,才慢慢干瘪,转为黑色。这种浆果,有充足的白色浆液,椰汁一样,但有微毒。浆液黏黏,和稀稀的胶水相似。有识货的人,以薜荔果泡在酒里,过两年,酒色橙黄,醇香敦厚——这是一味补阳药。

络石有漫长的花期,始于 3 月,花白色细密,在树干上缀着。络石藤叶繁茂,叶革质,乌梢蛇善潜伏在丛叶里,捕食树上的鸟。络石攀缘的树,都是老树——树皮开裂的缝隙较大,表皮木质有了腐殖物,可以供给它充足的养分。有一种很小的雀鸟喜欢在络石上吃昆虫。

老树不但有寄生藤,也有寄生树,即一树两种。在上油榨(地名)的壅上,有一棵两人环抱粗的樟树,在两米高的树腰上,有一个腐烂了的树瘿(一根粗丫被砍的刀口处),长了一棵冬青。冬青有五厘米粗——冬青籽以树瘿为土,发芽生根。两种不同的树,有了共生。老树上长了山蕨,山蕨的根部裹满了苔藓。一棵树,最终活成了有容量的树,容纳自己,也尽可能地容纳他物。

这片枫杨与樟树混杂的高大树林,也是我观鸟的去处之一。树林因为南边临河,北边临田野,相较于山地树林,这里的鸟更为丰富。平常时日,壅上并无人来往,和一片野地差不多。树林里,鸟音如瀑。我唯一一次见过寿带鸟，也是在这里。戊戌年夏天，一天上午，我从对岸的杉木林闲走回来，来到壅上树林，被一阵低调的婉转的鸟鸣深深吸引。“呱呱嘘�唤嘘嘘，呱呱嘘唤唤嘘嘘”，每一个音节非常清晰、清脆。与其说是鸟鸣，倒不如说是鸟在以中低音歌唱。我从没听过这种声调的鸟鸣。我循着鸟声，来到高大的樟树下，抬头仰望，一下子就搜寻到它的身影：头、颈和羽冠深蓝色，带有深漆的辉光，其余羽毛纯白色具黑色羽干纹，中央两根尾羽约二十厘米长，微微斜垂，在树叶缝隙间，非常显眼，如两条银色丝绸绶带。“一只雄寿带。”我暗自惊喜，双手在胸前合十，祷告似的，喃喃自语：“天哪，我竟然看见了林中美神。”

无论是在武夷山北麓原始山区，还是在武陵山广袤山区，走了那么多深山、野谷，走了那么多年，我都没有见识寿带鸟。于我而言，它就是林中的阿芙洛狄忒，拥有天生的美丽绝伦、美妙无穷的歌喉。美神的出现，是刹那间的，如彩虹。寿带在树林鸣叫了四五分钟，往河对岸飞走了，长长的尾羽轻轻抖着，低低地掠过柳树林，不见影踪。

之后连续八天，每天两趟前往树林，想再看到寿带，它却再也没有出现。可能这就是所谓的奇遇：只发生一次，永不再现，美的意蕴在心中永驻。大多数的人，一生都不会有这样的奇遇，因为几乎不深入原野。不亲临原野，就不会有奇遇。为了这样的奇遇，我甘愿在野外迎风沐雨，即使十年。

今年(庚子年)农历二月初，我去壅上溜达，看见七八个人在林子里，砍一棵老枫杨树，轮流砍，斧头当当当吃进树身，肉质一样的木屑片飞溅在地上。枫杨树四周的矮灌木和藤萝，也被砍了一大块。我很愤怒。有三个人，我认识。我近似咆哮地质问正挥斧的砍树人："树犯了什么死罪，需要你们兴师动众砍它？"砍树人停了斧子，说："明年抬板桥灯，做龙骨要大树。我们找了几个山头，都找不到这么大的树。我们和村里报告了。再说了，狗皮树（枫杨树皮如火煻了的狗皮，故村人称之狗皮树）又不值钱。"我打电话给村里主事的人核实，主事人说，村里还是八十年前抬过板桥灯，也是大喜事，只同意砍一棵，下不为例。我看着他们砍，斧头落下去，树震动一下。我心里很难受，像斧子落在我身上。

在没有树的壅墙，便长满了芦苇。芦苇越茂盛，亦越荒凉。同一个事物的悖论，在它的生命期里出现了高度的统一。芦苇在春日疯长，夏日蓊郁，秋日枯萎，冬日肃黄。前半生越茂盛，后半生越荒凉，如同一个帝国。时间有多仁慈，就有多残忍。时间永远不会善待某一种生命，也永远不会虐待某一种生命。所以，我们不要怠慢病痛的人，不要忽视记忆衰退、行动迟缓的老人，不要嘲笑身体有缺陷的人。时间施在别人身上的酷刑，也同样施在我们身上，甚至更甚。

十几年前，有人从山中挖雷竹下来，移栽在壅下的杂草滩。杂草一般是酸模、扫把草、竹节草。雷竹繁殖快，三五年成林，林下杂草全死。竹林多鸟，野猫便聚集在这一带，吃鸟也吃蛇。野猫体型比家猫略大一些，眼珠乌黑带黄圈，走路没有声音。春季白菜萝卜开花时，我常听到野猫“喵——呀——喵——呀——”，叫得有些恐怖。它在黑夜叫。在发情期，似乎可以从它充满野性、具有强烈占有欲的叫声里，想象它发光的眼珠子。

壅上有一棵乌桕树，约二十厘米粗。树枝太繁密，影响了壅上种菜。种菜人砍乌桕树，在树蔸上一米的部位，砍了一半，便不再砍了，让树被风自然吹倒。我去河边观黑水鸡时，看见了赤裸的刀斧口，落在地上的木屑，一片片，还是白白的。乌桕树被砍的一半，会因为缺水而干死，树没了生命力，大风会吹断它。乌桕树多美啊，在秋天，黄叶飘荡，每一片黄叶都是一口秋天的钟。钟声悠然响起，告诉我们，秋天垂临。第二天，我提了一个水桶，拿了一把柴刀，扛了一把铁锹，去壅上。我把田泥装在桶里，加水和浆。泥浆和得黏糊糊。我把泥浆糊在刀斧口上，用布绕树包裹起来，再绕塑料皮包扎。在树根下，我锤下四根木桩，用铁丝扎死。再大的风吹来，乌桕树也不会断了。泥浆可以保持水分，供刀斧口的木质吸收。这是我施救乌桕的土方法，不知道是否有效。在我提着木桶离开时，一只野猫从荠菜地里蹿出，一个小跳，扑在一条蛇身上，爪子摁住了蛇身，咬紧蛇七寸，叼起来，跑到不远处的一棵樟树上。我被这突如其来的场景吓得惊魂不定。我原本大汗淋漓，一下子，又浑身爆汗。

壅上种菜，也是这几年的事。在没有被树遮挡的地方，被人垦了出来，挑来猪粪鸭粪牛粪，用土盖上，铺厚厚芦苇或芭茅，雨季过后，粪肥和茅草腐烂，种菜人种白菜萝卜。养肥了地之后，种芝麻、大蒜、生姜、荠菜、莴苣。为数不少的人，菜种下去了，外出打工，家门上了锁，到了腊月回来。菜成了天生天货的野生菜，无人收。2019年11月，我每天早晚各去壅上溜达一次，从河埠头上去，到白山底(地名)，单程约走四千步。其中有一节壅，约有五十米长，种了辣椒和芝麻。辣椒枯死了，茎秆还是挺直，挂着很多干瘪的辣椒。芝麻也无人收，倒在地上。掰开芝麻壳，白白的芝麻粒像一群贪睡的婴孩。沙地干燥得发白。环颈雉每天在这里吃食。第一次去，我不知道有环颈雉，我捏一根一米长的圆竹棍，唱着没有韵调的歌，走进芝麻地，一只环颈雉突然在离我不足三米的地方飞起来，滚圆的身子，翘着长尾巴，一坠一起，一坠一起，掠过河面，飞到对岸的芦苇里。环颈雉吃食的范围并不大，且专注于食物丰富的地方。环颈雉一窝一窝生活。在河边芦苇地，我看过五只环颈雉，结群吃食。这大大出乎我的意料。环颈雉多在林地、田边的茅草地生活，哪知道河边会有这么多环颈雉。

还有人在壅上种玉米。玉米也无人收。我打听了一下，得知玉米是一个鳏夫种的。玉米还没熟，鳏夫死了。这个勤劳的鳏夫，我认识。他怎么不等收了玉米死呢？我惋惜了好几天。死不等人，只会催人。那么好的玉米，棒槌一样大，颗粒饱满。田鼠在壅上打洞，啃玉米秆，啃玉米穗。大群的鹛雀来到了这里，它们吃得兴奋，叫得快活。鹰雀站在高高的樟树上，随时扑向玉米地。

没垦的壅铺满了地锦或酢浆草。雷雨季，地耳从沙里张开，一朵粘一朵。地耳生长，须有细沙，湿气足够。伏地草类植物开始发芽。迎春的第一餐野食,便是地耳酸汤。春雷之后,妇人提个小篮子,去壅上拾地耳,漂洗多次,与细碎油豆腐,加少量肉丝,打酸汤。这是每一个枫林人吃不厌的。吃了地耳汤,开始春耕、下种。

枫林以太平山谷口有大枫树林而得名,八十年前,枫树被砍得一棵不剩。我想,在壅上种上三里长的枫树,该多好,待深秋之后,枫叶飘红,与白雾相衬,成了名副其实的枫丹白露。

以前我不太喜欢去壅上溜达,蜘蛛网太多,飞虫太多,芦苇茂盛,走一趟下来,满身脏污。若是雨天,鞋帮上沾满黄泥浆。去了几次,我便不再这样想了。站在壅上,可以把饶北河及河两岸尽收眼底,远眺高耸的灵山,更让我心动的是,我可以很细致地了解盆地的生态系统。如果有了茂密的枫树林,会更好。枫树高大且色彩鲜艳,对于在外生活的枫林人来说,无疑是回望中一帧不褪色的风景。

白雪红梅

驿路，梅花，枫桥，鹧鸪，夕阳。有梅花的地方，似乎就有一条驿路，溪水潺潺。疲惫的马儿赶着路，雪花徐徐飘落。赶路的书生披着银灰色的大氅，戴着黑色方帽，告别长亭更短亭的江南。梅花是故人的眼神，是子夜的回响，是深切的不语。

当然，这是我的幻象。梅在我的院子里。第一场春雪初落，暮色染白。雪伴着细雨，窸窸窣窣地下。天空也如静默的海面，雪如一朵朵水母，往下沉落。海面浮着微白的光，不远处的山影如船停泊在码头。我曾去过一个海滨码头，也是在晚雪之后，尖顶的教堂有一群黑鸟飞出。“咭呀呀，咭呀呀”，鸟叫得清冷又热烈，让我悲欣。海面耸立着浪头，一浪一浪地碎。码头公园的红梅花，开出满枝火焰。梅开有时，温情有时。

披了一件大衣，我下了楼——我不能辜负了雪夜的梅花。我提了一个红布灯笼，打了一把伞，打开后院的门。风有些大，灯笼有些晃。我妈已经睡下了，听到门被风拍打的声音，问：“这么晚的冷天,你看什么?”我说,看一下梅花。我妈说,该落的时候花自然落,该开的时候花自然开。

这株梅树,是我在乙未年清明节种下的。我去八角塘花苗店买蜀柏,栽种在我祖父祖母坟前。在花苗店的巷子里,有一个中年男人摆花钵卖铁角海棠、梅、金橘。我问卖苗人:“是红蜡梅,还是黄蜡梅?”卖苗人说:“是红蜡梅。”我迟疑了一会儿,说:“花苗太小了,花钵育的苗也很难长。”卖苗人说:“我自己的苗圃里有大苗,是五年的苗,你要的话,我带你去挖。”

两株蜀柏、两株红梅带回了枫林。枫林无人种植红梅,也无野生梅树。我在院子挖树洞。我爸问:“这是什么树苗?”我说:“梅花,红梅。”“你真是没事做,梅树又不结水果。”我爸说。

“花好看,天越冷花越盛。”

“不如种梨树,梨花也好看,还结甜蜜蜜的梨。”

“梨花逢春开,梅花迎雪开。梅是祥瑞。”

土是礁土,土粒坚硬如碎核桃壳。这样的土质,肥力不足,很难种出粗壮的树木。我把树洞掏得口子大,深挖,又从田里挑来肥泥,压下去,踩实,再浇水,种下树苗。

过了两个月,我回家发现,其中一棵梅树,根部树干被鸡啄了一半木质。我妈在院子里,养了十几只鸡,喂鸡的大食盘摆在梅树下。鸡在根部树干磨喙,顺口啄食木质。我找来长布条,一圈圈地把树干包裹起来。

两棵梅树到了 7 月,新叶也没长出来。我暗想,它们可能不会成活了。8月9月是最炎热的夏暑，树没有叶，抽不了水，会被烤干。翌年春，元宵刚过，我看到树枝爆出几粒不多的花骨朵儿，花椒一般大。我在树下埋发酵了的油菜饼肥。第三年4月，树干被鸡啄了半边的梅树，死了——另半边树干的木质，发生了霉变，受不了树冠的压力，折断了。

这是我第二次种梅树。

第一次种梅树，是在安庆（我当时在安庆工作）。壬辰年小寒之日，大雪。我从宁波返回安庆，沿途积雪如月光堆满大地。雪花扑扇着天空，也扑扇我心房空空的旅途。假如有红梅映雪，该是一件多么幸福的事。我要栽一棵梅树。

翌日，我徒步在周围几个村子里寻访梅树。在沿河、老庄两村，每一个院子细致地察看过去。雪后天霁，阳光斜斜地朗照，积雪的反光像一堆泡沫，涌上这个略显偏僻和萧瑟的郊区。杏树、板栗树、合欢、栾树，它们光光的树干使冬天更为简练枯瘦，而桂花树、樟树、杉树，仍拥挤着墨绿的云团，把澄蓝的天空盘踞在干硬的枝头上。不远处的菜地，泛起一层灰白的光，纯洁、透明，似乎冷空气在清寂地燃烧。

傍晚，在老庄一农户家前院，见一棵蓝花碗粗的树，光秃秃的枝条缀着密密的黄色花苞，芳香四溢。这就是梅树，黄梅。户主姓方，是憨实老汉，阔脸，头发微白，手掌厚实宽大，穿一件干净的旧中山装。院子坐落在山冈的半山腰，俯瞰下去，冈下村舍安详宁静，素白一片。

我和方老汉交谈了半小时，方老汉执意不卖。他说："树种了十二年，何况是野生黄蜡梅，珍贵着呢。前前后后来了几拨人，出高价，有人把钱塞进我口袋，我都不舍得卖。一棵树在自家门口活久了，成了家里的一分子，如日夜陪伴的眷属。"我说："那些来买树的，是贩卖挣钱。我可不一样，梅树种在显眼的地方，供大家品赏，把美好的事分享给来来往往的人，是积福。你这棵珍贵的梅树，在你院子里，只有你一家人看，相当于聚餐时你一个人吃独食，不体面。"方老汉被我说得笑了起来，表示同意。

我请来绿化专业人员老芮，我们一起端着铁镐、铲、锄，拆围墙、刨土，足足干了两个小时，把蜡梅树挖起来。用稻草把树蔸包裹好，六个工人把树抬到指定的栽种点。周围闲散的人围过来，很欣悦地说，花还在打苞，香气却充盈。我请来同事陈晚生，说，我们一起种一棵蜡梅树，拉一些肥土来，再提一袋油菜饼来。陈晚生对我说，蜡梅树会成为我们的记忆符号。老芮说，刚落根的树不适合施油菜饼，油菜饼发酵会烧坏根系，树就难成活。我说，树要快点长，最好春天来了，长出圆盖一样的树冠。老芮咧开嘴巴揶揄我说傻话，说，成活是首要的，成长是其次，古代不是有个成语叫拔苗助长嘛，你懂这个。我说，道理我都懂，我就想它快快长，开满花，大家在蜡梅树下驻足欢悦。

老芮用锯子和剪刀，开始修理树干树枝。他把几枝斜出的粗干锯了，把部分细枝剪除，细心地剪。剪完了，我们还从不同角度站站、看看，再剪。我真是心疼，说，锯这么多粗干，还剪枝，多可惜，好好的花苞全落了，让新枝长出来，还要等上一年。老芮嘿嘿地笑，说，修枝就是把多余的部分剪掉，通体透风，整出树形，才更具审美意义，这和做人的道理一样。

填土，浇水，树栽好了，用三角支架固定了起来。蜡梅树亭亭地立在草地上，树冠呈圆形，花苞欲坠。再过半个月，满树的黄梅花该盎然了。等梅花开了，我盼一场大雪再来。雪是一个发光的喻体，梅花是一个高洁的喻体，交相辉映。

见黄蜡梅开了一季，我离开了安庆。心心念念，我想着那棵黄蜡梅。它像是一座际遇的纪念碑，纪念着一场大雪。壬辰年大雪是南方五十年一遇的大雪。每每遇见安庆来的老朋友，我会问："那棵黄蜡梅怎么样了？"安庆地处长江边，气温比上饶低，每年冬天会下大雪。大雪来了，我打个电话给老芮："你去看看那棵我们种的梅树，花一定开满了树。"

树比人更禁得起看。人越来越老，性情越来越淡，脸上的皱纹褪去浓情的青春，会部分失忆。树越长越茂盛，树冠越华美，生出苍老朴实的贵族气，令人敬畏。

蜡梅树是一种缓生的苍老木讷的树。木质坚硬，皮质粗糙且皲裂出密密细纹，枝丫节上横生尖锐的枝刺（枝的退化）。霜降开始落叶，树枝光秃。我便觉得蜡梅树是深情的树。深情的树，不会长得夸张，不会春风招展。深情的树，才会繁花如星辰点缀。

四年前，我去过披云峰寺庙。山上有一个圈椅形的山坳，寺庙建在山峰之下，阔叶林纷披而下。说是寺庙，其实只有一栋简易的平房，一个四十多岁的僧人守在寺庙里。寺庙前有开阔平地，平地前有一口方塘。站在塘前，可以俯视众多山峦、丘陵。丘陵间散落着稀疏的人烟。平地上，有两棵红蜡梅，约三米多高。此时正值冷冬，山上仍有不多的积雪。白绿相染的山峦，甚是美眼。梅花正开，如烈焰绕枝。

在塘边，我驻足良久，看着红梅花。我突然想起一个故人，一个久未相见的故人。看见梅花的刹那，故人出现在了我脑海里。我在手机便签上写道：

> 世界上，有一种消失，在不经意间，会以某种活体的方式在某个瞬间呈现，且特别绚丽。比如现在。我们认为消失的东西，其实一直藏在我们无法找到的地方，像一封没有收信人地址的寄件。
>
> 我们应该确信，珍贵事物不会轻易死。离开我们的珍贵事物已形成一个独立的星体，在我们看不见的地方，闪闪发光。但总有一天会照到我们日渐安详的脸。风正猛烈地刮过。

在寺庙右边的山脊上，我远眺灵山。灵山如一座沉入海底的巨轮。我安慰自己：寺庙没有钟声响起，我无需徒然悲伤。

梅树，其实是树之一种，却成为人之情愫的载体。很多动植物都被人赋予了诸多情愫，或美好、高洁、坚韧，或悲伤、卑微、颓废。人在动植物中可以找到自己的生命立场和神性的情感。因为动植物的爱是天生的，自然而然的，无世俗的功利性。从一个人对待动植物的态度上，可以看出这个人的心灵品质。一个人，偏好某一种动物或植物，也可以看出这个人的性情。梅树就是那种日常看起来枯涩、冷峻、清苦的树，而花孤艳热烈，生出几分冷傲。

红蜡梅只剩下一棵。每年初冬，我给它修剪。理想的树型是树干独枝而上，树冠伞状。修枝后，再埋肥。然后把树冲洗一遍。三年后，红蜡梅高过了窗户，抵挨着瓦檐。可我没有认认真真地看过它开花。也可能是，赏梅花，需要适合的情境，有雪映衬至美。这几年也没下雪。我甚至忘了，最冷的天，还有最红的花在院子里开。

灯笼轻摇，跳荡的烛火使得光线忽明忽暗。雪柔柔弱弱，从半空旋下来。地上并无积雪，但湿湿的，雨水在鞋底下溢开。枯涩的蜡梅枝上，积着薄薄的碎雪。梅花还没完全绽开，花苞如红唇微微张开。雪落在红唇上，寂然无声。红红的唇吮吸着白白的雪。有不多的花苞，被雨点打落在树下。它们很无辜地躺在地面，毫无预料地接受了生命的坠落。

细雨簌簌。倒春寒的风，也确实刮人。柚子树沙沙作响。“我很想奔放地活，我不能这样枯寂地生活下去。”我想起了一个友人的话语。友人是在某一天晚上，给我打电话，说完这句，又匆匆把电话挂了。我不明其意。现在，我明白了。越枯寂地活，越渴望热烈盛开。红蜡梅是奔放的，雪在它唇上吱吱吱地燃烧，它的唇也在吱吱吱地燃烧。白的火焰，红的火焰，在夜晚交织胶合。

恍然间，我也觉得，我的屋舍是一间山中寺庙。我也未曾奔放过。我深居其间。在很多个寂静的夜晚，我都守在窗口，看窗外漫天星辰，看暴雨如注，听风声蛙鸣，听巷子里冗长的脚步声。我像一个观星象的人，高高的苍穹令人迷醉。其实，人间甚美，人应该多情，深情如夜。我应该在院子里，也种上南瓜、苦瓜、丝瓜和爬满墙架的扁豆，而不仅仅是种菖蒲、兰花、朱顶红、美人蕉。

臣忠和我说了几次，在枫林水库外，找一个山坳或空地，筑几间木舍，依山临涧，屋后种三五棵青桐，门前栽两棵蜡梅，垦两块菜地，砌一个鱼池，养荷放鱼。他当然是当玩笑说的。人哪需要那么清静去生活，过于清静，人就寡淡了。其实，我只要一个小院子就够了，一个有蜡梅的小院子。

雨越下越大。雪越下越小。

梅花落得越来越多。应该是这样的。

杂芜之地

傍晚，一群群的白鹭，"嘎嘎嘎"优雅地叫着，从河滩飞过村舍，飞往坪上。坪上有高大的树林。树是油桐、香椿、黄松、冬青、栾树、构树、黄檫、乌桕、梓树。树长得并不稠密，稀稀拉拉地分布在梯形的荒地上。初夏之后，鹭鸟满河滩白。坪上的树林是它们的筑巢或夜宿处。

坪，如一只扁篮。篮圈是梯形的菜地、野坟地；篮面是一片开阔平整的菜地。在三十年前，坪上四季种着蔬菜、瓜果。因没有水源，取水浇菜，得从坪下水沟挑水上去，遂被村人弃种，成了一片荒地。野树就这样长了出来。在野坟，长了油桐，三五年，郁郁葱葱，冠盖如遮阳伞。油桐是烂贱的树，油桐籽落到哪儿长哪儿。油桐树木质疏松，当柴火烧速燃，锯木板易烂，被人嫌弃。油桐花太美了，在5月，桐花胜雪，花瓣白出月光色，花蕊如藏红，粉缀在青蓝的阔叶间，给乡野披上雪的意境。乡人大多以势利主义对待动植物，砍了油桐，在自己的荒地或坟边，种上桂竹或雷竹。竹林密密匝匝，其他树木再也无容身之地。

在靠近塘坞的荒地，也不知是谁，种了二十余棵黄松。黄松粗壮、挺拔、高耸，圆形的冠盖如席。黄松长壮了，被人砍了做箍桶的木料，仅剩下九棵。山斑鸠在树上筑巢。塘坞的山塘前，有一片种油菜、种芝麻的田，山斑鸠成群结队在田里吃食，天天吃。去年冬，在一棵黄松上，看到树上有七个鸟巢，其中有三个鸟巢是山斑鸠的，枯枝横架在树枝上，茅草铺巢室，汤碗一般大。黄松针叶尖且挺，树形呈塔状，远远看过去，如一座松塔。山斑鸠如一群天真的童子，在嬉嬉闹闹地玩耍。

一条仅容一人通行的小道，从南边野坟地而上，走百米，便到了坪上。小道是斜缓的焦土石坡，坡侧是泥土堆出来的矮墙，长满了茅草、苦竹、野刺。坡下则长满檵木、枸骨等矮灌木。坪约有半个平方公里，有人种了柚子、橘子、油桃，土质过于贫瘠，果树矮矮黄黄。鹅肠草、斑地锦、土当归、卷耳、蛇莓、刺儿菜、麻、鸡矢藤、覆盆子，长得满地都是。矮矮青青的灌木，是野茶。茶树是早些年种下的，摘了几年，荒废了，茶叶无人摘，成了野茶。只有在 5 月初，妇人拎一个小篮子，或抱一个脸盆上坪来，摘覆盆子。

覆盆子，我们叫泡泡，鲜艳欲滴，果糖充分。这是一种野生力非常强大的植物，赖干旱，赖多雨。吃不完的覆盆子，装在玻璃罐里，放冰糖，存入冰箱。喝酒的人，打一缸高粱酒，泡覆盆子，酒色潮红，醇香四溢。覆盆子挂果，正是鸟育雏的季节。鹪鹩、红喉歌鸲、黑脸噪鹛、栗耳凤鹛、绿翅短脚鹎、煤山雀、鹟莺、黄腹山雀、棕扇尾莺、粗嘴伯劳、鳞头地莺、白腰文鸟、山麻雀，栖落在地头、枝头。茶树上，檵木上，黄荆树上，棕树上，随处可以看到碗状的鸟巢。鸟巢由草丝编织，工艺精细。抬头望望坟边高高的香椿树，盆状的鸟巢架在枝丫上，像瞭望塔上的卧室。"嘘咕咕嘘咕咕"，暗灰鹃鵙叫得特别清脆、洪亮。它每叫一声，雨季似乎又近了一程。按照我的方言，"嘘咕咕"可以直译为"水吃吃"，当然盼着雨季早日到来。

数量最多的是粗嘴伯劳，在覆盆子上，很细心地吃食。它吃的不是浆果，而是蚂蚁、蜗牛、虫蛾。它还站在棕树上，侦查员一样看着地面的动静，看见蜥蜴或壁虎，它以迅雷不及掩耳之势扑杀下来，啄猎物的头部，叼起来，飞到皂角树或苦楝树上，用树刺勾着猎物，短钢钩一样的喙，啄烂肉，撕扯下来吃。我在坪上快跑几十步，粗嘴伯劳迅速结群，几百只一起，往坪下的桂竹林飞。"嘁嘁嘁，嘻嘁嘁"，落下身子，它们又快活地叫起来。粗嘴伯劳体型较小，比麻雀略大，却属于猛禽，它可以独斗五步蛇，捕捉山鼠，强悍勇猛无比，被称为"死亡使者"。

坪上，我家有好几块菜地，也荒废了三十余年。在石壁底有两块菜地，我爸种了两株雷竹。雷竹已成林。坟上、泥墙上，全是雷竹。右边的两块田，也长满了雷竹。种雷竹，倒不是因为缺水，而是种不上菜蔬——穿山甲在菜地打洞。土是黄土，松软。这里有两棵粗大的油桐树和一棵树龄过百年的梓树。这一片，野坟一个挨一个，如地里的芋头。蚂蚁特别多。在坟头，在树根下，在泥墙，有很多蚂蚁窝。挖地种菜,一锄头挖下去,往上一翻,翻出一个黑肉瘤一样的蚂蚁窝。穿山甲吃蚂蚁,在泥墙或菜地打洞。

十几年前,有外地人来山里,扛着铁锹,拎着麻袋,在烧灰(山地名)、太平山、坳头、燕坞等黄泥山,看起来像个找矿的人,带着饭盒、帐篷,找穿山甲找了很多天,被村人发现,赶走了。陈坑人说,在大山里,被盗捕了好几只穿山甲。有人说,贩卖野生动物的人,在村里布了暗线,盗捕穿山甲、山麂、猴面鹰、毒蛇,有了野物,单线联系,秘密交易。这个说法,符合事实。

村里有一个人,笑起来,嘴巴往两边咧开,爆出烟牙,有了绰号——裂嘴。唐僧瞎子曾来村里算命,说过面相,说,捉蛇的人、打山麂的人、捕野猪的人、杀鸟的人、毒鱼的人,没有哪一个长得堂堂正正,不是面目狰狞,就是瘸腿断指。一个人作了恶,天会在人身上打一个印戳,没来得及打印戳的便是短命,死得意外。裂嘴在偏僻山坞或荒地,布设铁夹子,架鸟网。他用地窖藏野物和器具。近几年,他又买来带微波报警的捕捉器具,五里地之外,有野物被铁夹子夹住了,他裤兜里的报警器"嘟,嘟,嘟"叫响,红波忽闪忽闪。他拎起蛇纹袋,去取野物。他暴着烟牙,唾沫飞溅,说,以前天天上山看,有了这个报警器,省了好多事。他在坪上、山坞架鸟网。两根毛竹插在地里,一张粘丝网拉十几米长。网丝细,网孔小,逆光下,很难被鸟发现,飞着飞着撞上网。鸟扑闪着翅膀,网丝越粘越紧,裹住了鸟。我多次去坪上,看见挂着鸟的鸟网。我见一次烧一次。有一次,我见一只草鹭挂在网上,它的头和身肉被啄得空空，只留下一副骨架和零散的羽毛，骨架已经晒干了，露出白褐色的骨头。真是令人痛心。我经常看到他在坪上、塘坞、山溪边、里棚坞游荡，肩上搭一个布袋，问他："找什么？"他答："四处走走。"我知道他找蛇。他晚上捉青蛙，一个晚上捉十几斤。有一次，我问他，你杀了这么多生，你会梦魇吧？他嘻嘻嘻地笑，口吃地说，有吃生就有杀生，吃生的人不梦魇，杀生的人也不梦魇。

去年初冬，我妈在诊所挂葡萄糖盐水，我陪着。一个四十多岁的妇人，也在挂葡萄糖盐水，一个斜吊眼的男人陪着她。男人说带白话口音的普通话。妇人能说会道，说什么事都津津有味，眉飞色舞。她说她老公很会抓野鸡打山兔。斜吊眼的男人说起抓野鸡，很起劲，说，我们这一带，野鸡太多了。"野鸡最多的地方，是河边和坪上。我在坪上，一个晚上抓过三只。"斜吊眼的男人说得兴致勃勃。

"要吃野鸡、山麂找我啊。"我和我妈离开诊所了，妇人还很客气地招呼。她之后还问过我妈，过年的时候，要不要预备两只野鸡啊。我腊月回家，我妈和我说起这事，最后一声叹息："那个抓野鸡的男人，前几天在山上摔了一跤，腿骨、髋骨摔裂了，还不知道会落下什么病根，会不会成了瘸子。"

冬日萧瑟。坪上半黄半绿。黄的是草，绿的是树。我取了一根小桂竹，捏在手上，去找捕捉野鸡的阵堂。我懂。堂口一般布在树林里的草地（割了草）、较开阔的荒地，或者采收后的油麻地、黄豆地，堂门以"V"或"U"或"C"摆开，外围网一圈丝网，独留一条隐蔽的食路，在食路上撒了谷子、粟米或碎玉米。野鸡吃着吃着，进了堂门，被网蒙住。或者不撒诱食，抱一只家鸡绑在堂口的树下，家鸡咯咯咯叫，把野鸡引来。家鸡和野鸡隔个二三米的距离，扑着头，对着眼，咯咯咯叫。边叫边跳，野鸡跳进了堂门，脚绊上铁丝，套住，被网蒙下来罩住。坪上离村舍近，捉野鸡的人不太可能抱家鸡作诱鸡，布的堂口应该是空堂。我这样想。在树林，在坪下茅草地，在几个大的野坟地，我找了两个下午，也没找到堂口。捕山兔的铁夹子，我倒看见几个。砸一个石头下去，铁夹子当啷一声弹起来，夹子报废。我又想，可能抓野鸡的人还不懂得布堂，那又是以什么方法抓野鸡呢？

坪上，无疑是方圆十余平方公里之内，鸟最多的地方。

有过乡居生活的人，都知道，开门见鸟，甚至还没开门，已见鸟。鸟比阳光更早光临，以悠扬的啼鸣，以翅膀的扇动声，在窗户外的果树上，在瓦檐下的晒衣竿，在院角的泥地上，唤醒我们。天翻开鱼鳞片似的云白，坪上传来鹧鸪"咕儿——咕，咕——呃咕"的叫声，作为山野"高音美声唱法"的嫡传者，它拉开了原野的布幔，露出阔亮洁净又不失迷蒙的大地脸庞。白鹭从树林飞出，一群群，以"人"字队形，飞往河流，飞往绿泱泱的田畈。它们修长的身上，穿着蚕丝织造的白羽纱。

"嘘嗟，嘘嘘，嘘嗟儿嗟儿，嗟儿嗟儿嘘嘘，嘚唻唻……"蓝喉歌鸲再也忍耐不了明媚天光的召唤了，它在高高的香椿树上，忍不住放声，涧水淌过圆石一样的颤音，绵绵不绝，圆润悠远。把它以赣东方言音译过来：

水接接，
水，水，水接接
水接接
水接接
水，水
到你家了，到你家了

这是我在坪上听到的最动人的鸟鸣。太阳刚刚升起，霞光慢慢融解在草色里。鸟等候我们，一起去迎接每一日的清晨。鸟对每一个醒来的早晨，倾注了热情，对生命发出了美好的邀请，邀请我们去田野，去河边，去高山——我们看到了更葱翠的敞开世界，我们看到了更多的鸟。鸟陪伴着我们走出幽深的山野，沿着河流，去往大海，去往雪山，去往戈壁，去往我们自己也不知道有多远的地方。

鸟是大地上辛勤快乐的驿卒，更换着马车，栉风沐雨，昼翔夜憩，一路追着四季奔跑。

在坪下的水沟边，我见到了一种黑色羽毛的鸟，体型和麻雀一般大，尾部（尾上覆羽和尾下覆羽）有一圈纯白的斑。它一点也不害怕人（它甚至站在我脚边），在水沟边，吃蠕虫吃蜗牛吃蜒蚰吃蚯蚓，吃紫堇花。它吃得十分专注，尾巴抖动着。它还飞进阴沟

(小涵洞)吃食。我叫不上它的名字(查阅《中国鸟类生态大图鉴》,也查不出来——没有这种鸟)。我跺一下脚,它也不飞走,而是快速跳几步,继续吃。它小巧玲珑,羽毛黑出山漆的光泽,短尾白斑胜似雪。我私自给它取了名字:白尾黑鹟莺。它很少啼鸣,即使在飞行时也不啼鸣——鸣禽类的鸟大多边飞边叫——它的翅膀倒发出呼噜呼噜的振翅声。但它的啼鸣,如柳莺一样婉转、清脆,它发出"啼嘁,啼嘁,啼嘁"的颤音。我看到它只有在水里洗澡时,才发出啼鸣。它在水里抖动羽毛,洒下细珠水花,它翘起头,叫得特别欢。我因此一天都欢快。

乡野带给人的快乐,也是其他快乐难以取代的。这种快乐,注满了生命的激情和生机。无论是动物,还是植物,都极具生命的感染力,会浸透我们的心脏。我们的眼神因此不会呆滞、晦暗。

古城山

“太阳从古城山冉冉升起，普照了广袤的田畈。”

这个句式，在二十世纪八十年代中期，洋溢着一个青少年的热情，豪迈开阔，铿锵韵致。其实，这是写实，并非出于对青春的向往。我在厅堂写作文，抬眼望着古城山，太阳漾动，如被海浪冲上沙滩。初秋的田畈略显青黄，游雾低回，我写下初中第一篇作文《一日即景》：“太阳从古城山冉冉升起，普照了广袤的田畈。泡了海水的太阳，长了蒲公英一样的绒毛，被鸟驮着，轻轻飞了起来。山影变短……”

古城山很矮，甚至谈不上是一座山，海拔不足三百米。山上是人工种植的松树林、杉木林。古城河北出西山盆地，在古城山脚下向南拐千米，在董家与饶北河汇流。南部山脚，有石灰厂，石灰窑下是一片南瓜叶形的沙地，种着菜蔬瓜果，橘林沿河边摊开。郑坊古镇处于古城河与饶北河的夹角。每每去郑坊，我便想起诗人李白的《秋登宣城谢朓北楼》：“江城如画里，山晚望晴空。两水夹明镜，双桥落彩虹。人烟寒橘柚，秋色老梧桐。谁念北楼上，临风怀谢公。”

没有人可以说出山名起于何时，有何来历，更无典籍记载。1983年，上饶县文化干部汪淦泉陪专家在郑坊做文物调查，在徐家大院挖到了秦代的土砖、土陶碗。这是在上饶县北部发掘出土的最早的关涉人类文明的文物，藉此证明郑坊是饶北河流域人居年代最早的地方，至少在战国时期，已有了集镇。凭山俯瞰，郑坊如一座绿水双带的城池，宁静、拙扑，山如城墙，故名古城山。当然，这是我的揣想——自古以来，人愿意在特定语境下，为自然界的某个特定物，寄予人文主义的理想。

在盆地四周，古城山是唯一一座石灰岩山体。山西和山南，被千百年来的先人开凿料石，烧石灰。石灰厂有两个，一个叫钱墩石灰厂，另一个叫郑坊石灰厂。西边的山体凿成了悬崖峭壁，古城河更宽，流得更平缓。钱墩石灰窑与石砌的河堤相接。河堤两侧是高大的樟树、枫杨。从田畈望过去，树林呈扇边形，苍苍翠翠，宛如我们记忆的篱笆。鹅卵石铺展的河床，平缓地斜下来，有了哗哗哗的水流，往堤侧下更深一些的河道汇拢，水变得平静，水色也变成深蓝色。夏天，坐在樟树下，钓宽鳍鱲、白条、黄颡鱼、鲫鱼，是一件十分舒爽的事。鱼太多。啪啪啪，啪啪啪，宽鳍鱲、白条在激烈地斗水，几十条鱼挤占着河石与河石之间的窄窄水路，闪着鳞光。钓鱼也很简单，鱼钩穿一条虫蛹，抛入水中，钩下坠，线被拉直，抖一下手腕，提上一条白白胖胖的鱼，随手把鱼装入浸在水里的鱼篓，盖上盖子。早晨或傍晚，河面上的鱼最多。白条浮了一层，浪游戏水。撒一把馊了的米饭下去，饭粒往下漂坠，白条嗖嗖嗖围拢过来，吞食饭粒。

河边并不溽热，“桑唧”作响的河水送来河风，一阵一阵。河风的韵脚，与流水相和。吱呀，吱呀，吱吱吱吱吱，知了在芒种之后，开了叫声。天越热，知了越叫得聒噪，不知疲倦。尤其在虚静的午后，知了蛰伏在洋槐或柳树上，翘起尾巴，鼓胀着发声器，叫声震得甲壳发抖，翅翼颤动。网知了的少年，拎一个小布袋，提一个拍网，循着知了声，穿过密密的树林，在某一棵树下，举起拍网扣下去，把知了罩住。吱吱，知了叫两声，再也不叫了。

峭壁上，是岩鹰筑巢的地方。岩鹰，即普通鵟，以捕食地面啮齿类动物为主，也吃野兔、蜥蜴、蛇、壁虎、蛙、小鸟等。峭壁如削，高百米。峭壁之巅有高大树木。峭壁的对面，是平展开阔的田畈。岩鹰从峭壁飞出，翅翼微微上举，呈“V”字形，如两页麻褐色悬旗，在田畈上空悬停、旋飞、俯冲。它阴鸷有力的眼，扫射在稻垄、菜地、田埂，突然一个俯冲，利爪刺入老鼠的头部，飞身离去，栖落在高树上，或回到峭壁，啄食老鼠。在7月、8月，雏鹰离巢试飞，常有落入稻田的雏鹰被人捡起来。

太阳落山之后，夜色降临，河边有很多食虫蝠出没。这是一个十分庞大的群体，跟我们十分亲近。蝙蝠飞入河畔人家，倒挂在横梁或挂绳上，用竹梢赶它走，它绕着房间飞来飞去，吱吱吱地拍翅惊叫。在稻田上方，在村舍檐角，它无声无息地突然出现。少年时期，我以为蝙蝠是鸟，学了动物学之后，才知道它是哺乳动物，翼手目，是唯一可以飞翔的兽。

孩子用夹衣服的竹夹子，夹住蝙蝠的脚，它吱吱吱地张开老鼠一样的嘴巴，露出狰狞的面目。乡人讨厌它，因为它没有羽毛，但会飞，还有鹰钩一样锋利的爪。乡人讨厌它，更因为它丑陋，丑陋到无法形容——嘴巴像大仓鼠，脸像老鼠又像狐狸，额骨宽，唇骨却几乎没有。

或许是它过于丑陋，所以不以面目示人，只配在夜间出没。

蝙蝠在院子里飞来飞去。它和鸟一样灵敏，翻飞，穿梭。它甚至远远超出了鸟类，倒挂屋檐，钻入墙缝。动物中，我觉得蝙蝠和蛇都是极其神奇的。蝙蝠是兽类，鸟一样飞行，并不弱视，却放弃了眼睛的功能，用声呐系统和回声系统捕食和飞行。走兽，都是四肢发达的，善奔跑，可再快的奔跑也远远不及飞行。蝙蝠是造物神优待的动物。蛇裸腹而行，依靠鳞片的收缩和身躯的扭动，前进或后退。它穿行在荆棘岩石沙砾之间。蝙蝠在落日的虚光中，从我们不知道的地方，一只两只三只，一群又一群，来到我们视野，一会儿飞上一会儿飞下，在黑暗中窃窃私语（像几个僧侣，穿宽大的黑袍，裹着脸），与黑暗融为一体（像夜来香幽暗地绽放），然后无影无踪，回到潮湿的居所，吱吱吱地求偶，生儿育女。

蝙蝠来自古城山的溶洞。在山腰上，有半个篮球场大的天然溶洞。我去过两次。第一次是在读初二，和同学一起去爬古城山。第二次是刚参加工作，五位德兴来的同学和我、周建宁、李卿雨等郑坊籍同学一起爬古城山。客人爬了古城山，才算到了郑坊。古城山有溶洞和长达两百米的“一线天”（因石灰石经过亿万年的雨水侵蚀，山体开裂）。溶洞里，蝙蝠非常多，空气污浊腥臭。蝙蝠像一片片沉睡的树叶，紧贴洞壁。

溶洞从壁立高悬的巨石侧而入，洞口窄小，仅可容两三人同时进出。行十米，光线至暗，灰灰蒙蒙，强手电照射也不显光亮。进洞的人，打火把，噗噗燃烧。火光映在石壁上，折射回来，形成一个圆圆的光圈。溶洞壁室可坐二十余人，可立十余人。壁室寒凉，冷气自四处涌来如初潮。出壁室，洞内小道收窄，仅可供一人侧身前行，行十余米，豁然开朗，光从头顶投射下来。骤然的自然光线让眼睛不适应，抬头一望，苍穹仅仅剩下一条线缝。见了天光，瞬间觉得人活在一个可以见到天的地方，是多么可贵，哪怕这个天窄小如缝。人穿过溶洞，蝙蝠吱吱吱叫，惊飞而起。

蝙蝠如默默修行的教徒。夜色浓密，它在河边，在树林，在悬崖，在屋顶，它翩翩飞翔，它没有羽衣，但它有旋转的舞裙。它是个被遗忘的梦游者，带着恩赐和箴言。它是唯一的黑夜讲述者。

在古老的夜晚，所有人都不愿醒来
蝙蝠，是离我们最近的星宿
它骑着梦游者的马匹，穿黑锦袍
熄灭我们手中的火把

为蝙蝠，我写过四句“分行”。我印象最深的是，在山顶找到贝壳。贝壳里，藏着远古时期的浅海。

山顶上，还有民国时期的战壕。据祖辈老人说，在二十世纪三十年代，红军和白军在此发生过激烈的战役。战壕已被掩埋在岁月的尘埃里。松树林苍苍莽莽。芭茅一层层覆盖了崖石。没有任何东西可以被称为亘古不变——大海不是，山峦不是，假如有的话，可能只有我们抬头仰望的天空。

站在山崖上，可以眺望整个郑坊盆地，山之东是台湖村，山之南是陈墩村，山之西是枫林村、钱墩村，山之北是绵亘的山峦，山脚下是郑坊村、石峡村。古城山就像郑坊镇地理中心的楼台。从枫林看古城山，古城山如一匹双峰骆驼。

溶洞之下是一座寺庙。说是寺庙，不如说是歇脚的地方。上山的人，种菜的人，闲得无处可去的人，在寺庙里喝茶、谈白，一日度一日。寺庙下，有三块小土屋大的巨石。巨石是从山顶滚落下来的。在二十世纪七十年代，夏日某日清晨，去沙地种菜的人，突见两块巨石横陈在山脚，一块巨石横陈在河滩，放下锄头回村里，挨家挨户地问：“溶洞下的山脚，多了三块巨石，你昨晚听见石头滚下山的声音吗？”全村竟无一人听见。

这么大的石头，滚下百米之高的山崖，石头没有裂开，也无人听见滚石声，真是一件奇怪的事。更让人百思不得其解的是，巨石是被什么东西劈开，才滚下来？夜里并无打雷。若是自然风化，也不可能在同一个深夜滚下来。巨石之谜，至今无解。

郑坊石灰厂在十余年前，主产料石、碎石、石畲粉，不再烧石灰。钱墩石灰厂则完全弃用。打料石，消耗石量大，一个炮眼打下去，炸出上千吨石头。南边山体一年一年地炸塌。炸了这么多年，“一线天”炸没了，山炸出一块峭壁。2018 年，石峡村人不让他们炸山了——每炸一次，剧烈的冲击波震得民房玻璃咯咯作响，鸡鸭乱跳，吓得孩子大哭。新田自然村的人，也不让他们炸——古城山是新田人的风水山，再炸下去，相当于炸了祖坟。

两块峭壁如一张千疮百孔的脸。被炸的山体和废料场，没有任何人工恢复植被，看起来，如山被啃食后的一堆碎骨头。

古城山是作为郑坊人的精神地标而存在的。有一次，我坐上去广东的火车远游，同一个卧铺的七十多岁老人问我：“你是哪里人啊？”我说：“上饶人。”他又问：“上饶哪个地方的人？”

“一个小地方，叫郑坊。大多数的上饶人也不知道，还有郑坊这个小镇。”我说。

“郑坊可是个大地方，有大田畈，有古城山。”老人说。

“老人家，你也熟悉郑坊？你在那里有什么亲人吧？”

“那是一个比有亲人还让我亲切的地方。我高中毕业遇上知识青年下乡，被安排去了郑坊，在古城山下生活了八年。”老人打开了记忆的匣子，说：“那个时候，每个星期都要爬一趟古城山看日出，日出很壮美，让人难忘。我们组了一个文艺青年队，我经常上山画画唱歌，最美好的时光是在郑坊度过的。郑坊老街很长，很繁华，很有古朴的气息。”

“郑坊老街不存在了。”我说。老人惋惜地叹了叹气，说：“有时间，我还要去郑坊走走，那里还有很多老朋友。”

对于生活在郑坊的人，古城山只不过是一座非常普通的山，片石嶙峋，悬崖突兀，崖上茅草丛生。离开了郑坊的人，会叨念它。它是一种记忆般的存在，耸立在我们的血脉之中。一抹夕阳晚照，被河水漾开涤荡，深深镌刻在我们的人生背景墙上。

岩鹰已多年没有出现在田畈了。爆破山石的冲击波太强烈，爆炸声太大，岩鹰无法在悬崖筑巢。岩鹰的食谱很广泛，但找筑巢的地方很难——它把巢穴安置在高二十米以上的大树上，或高高的悬崖上。我期盼有那么一天，岩鹰作为天空的使者归来，以它棕色的翅膀，抚慰我仰望的蓝天。蝙蝠也很少见了，也同样因为冲击波太强烈了，蝙蝠无法在溶洞栖身。对任何动物，栖息地至关重要。

很多年前，我在《参考消息》上看过美国地理学家写大地的系列文章，分“丘陵”“高山”“森林”“雪原”等散章。我记得其中几个数字：悬崖上形成一厘米厚的积土，需要一百万年；一个自然的沙滩形成，需要一万年；良田天然形成，需要十万年。自然之神以洪荒之力，以亿万年的光阴，塑造出了我们的山川和万物，而有一部分人费尽心机，以最大的可能去破坏，满足自己的私欲。有些破坏是可逆的，有些破坏是不可逆的。这是对大自然的迫害。

古城山是大自然被迫害的耻证：有些人活着，是对人类的羞辱。

山猪

BBC 曾推出过一个自然地理的片子（我不记得片名了），讲述假如人类消失，谁将统治地球。这个假设，很有意思。我也会这样去假设。片子里说，人类消失第一年，是老鼠统治地球；人类消失第五年，是野猪统治地球；人类消失第十年，是狼统治地球。科学家用数理作为推论，解释人类消失的地球。我的假设和科学家的假设有所差别。我认为，在人类消失以后的一百年内，地球都属于野猪统治。我的理由是：野猪是杂食性动物，食物太丰富了；野猪体型庞大，强悍，长有獠牙，群体性生活，它的天敌太少，即使狼和鬣狗这样的大型捕食者，要捕食野猪，也要付出生命的代价；野猪繁殖太快，超过豹、虎、狮、狼、鬣狗、豺等高等捕食动物的繁殖量。

郑坊镇下辖的洲村、台湖、西山、钱墩、石峡、楼村、枫林等几个村，均有先民垦荒出来的大量山垄田和耕地，以种植水稻、番薯、玉米、高粱、芝麻、黄豆、南瓜等农作物。近二十年，山中田地大多荒废了，长满了茅草、灌木，人都无法进去。不是不种，而是无法耕种——种下的物产，被山猪糟蹋了，收成低微。离我家不足五百米远的地方，有一块坪塬，约有两百亩，是种瓜种豆的好地方。野猪每年下山，把地拱一遍，地成了荒地，再也无人种。董家山坞有二十余亩田，也种不了。那里有野猪窝。

野猪即山猪。一日，我去山中一户远亲家看望老人。远亲向我诉苦，说，种了几亩地番薯，被山猪拱得不成样子，又没办法解决山猪，地里种不了吃食了。土铳在十几年前收缴了，任凭山猪糟蹋物产，山民毫无办法。我说，你带我去看看番薯地。番薯地在一个山坳，有七八亩，一个斜伸的山垄敞开得像一个口袋。山上林木粗壮茂盛。番薯地拱翻了，一半多的番薯藤焦黄。山猪拱地，不仅仅是为了吃番薯，更主要是找蚯蚓、找蚂蚁、找蛇吃。我说，可以设个陷阱，把山猪捕获上来。

山民大多安放铁夹子，捕山猪。铁夹子放在地头或路边，用草虚遮一下，山猪踏过去，夹住了脚，被活活饿死，或被人击毙。山猪被夹住，嗷嗷嗷嚎叫。听了山猪叫，山民组织三五个人，扛着锄头，拿着斧头，握着大柴刀，赶往事发地。山猪见了人，疯狂地原地打转，露出满嘴钢牙，咆哮着向人发动进攻。铁夹子深深嵌入腿骨，山猪又无法脱身，便一直嚎叫。山民取下长竹棍，架进山猪的下身，四肢架得离地，一人用斧头猛力敲打山猪脑门。山猪喷出满嘴鲜血，血顺着鬃毛往下淌。嗷嗷嗷，山猪一直叫，叫得精疲力竭，腹部紧张地收缩，叫声渐渐喑哑下来，头往下耷拉，血糊了嘴巴，腿伸直，尾巴下垂。山民把猪放在地上，麻绳绑了四肢，抬回村。山猪太强悍，即使脑壳敲裂开，还暂时不死。若是四五百斤重的山猪，没有七八个人，还解决不了它。也有这样的事发生，架空了的山猪，突然挣脱了铁夹子，如同洪水迸发出来的体力，在瞬间发作出来，把人拱翻在地，疯魔一样撕咬人，或者把人推向深渊。

会打山猪的人，就是远远守着山猪，看着它困在铁夹子里，一天天饿下去，饿个三五天，山猪站都站不住了，趴在地上，伸出长舌头，舔土(补充水分)。体型越大、性格越凶悍的动物，越难忍受饥渴。饥渴是一把最锋利的刀，也是一把最柔软的刀，可以宰杀任何动物。山猪最终被饥饿击垮，它甚至没有表达愤怒的机会，便瘫倒在地。肉身难以承受饥饿的折磨。食物可以驯化任何凶悍的动物。驯鹰驯雕就是这样：把鹰或雕蒙上眼睛，饿三天，再喂肉给它吃，又继续饿，饿透了再喂肉，把鹰或雕的脾性磨灭了，便被驯服了。驯狮子、驯老虎、驯狼也是这样。越凶悍，越易被食物驯化。对食物需求量极少的动物，人无法驯服，如蚂蚁、泥鳅、萤火虫。越凶悍的，就是越贪婪的。

铁夹子却很少用，因为常常夹到人。远亲问我，设什么陷阱可以捕野猪呢？我说，那太容易了，知道它爱吃什么，就可以设什么诱饵。远亲说，在山区，当然是番薯了。我查看了山坳的地形，在入番薯地的靠山边空地，适合设陷阱。我说，在空地挖三米深两米宽两米长的立方体，三根竹棍横在距地面十厘米深的墙面上，盖板盖在竹棍上，用茅草遮一下，十来个番薯放在茅草中间，山猪过来吃番薯，脚踏在盖板上，盖板承重不够，往下快速坍塌，山猪没办法不落入地窖，再也上不来。为了防雨水落进地窖，可以盖一个四根柱子的茅草棚。这样的地窖，可以一直用下去。

远亲是个很有意思的人。陷阱先后捕获了三头山猪：两只小山猪，一头大山猪。大山猪有三百多斤，两颗獠牙如两枚匕首插在嘴巴里，随时可以行凶。远亲建了一个近似牢房的猪舍，把山猪养了起来。山猪是公黑毛猪，拱鼻粗大，鬃毛长且硬，眼睛陷在肉缝（眼眶）里。他把家养的母猪跟山猪交配。他说，山猪抗病能力很强，猪瘟发不到山猪身上。他养了一年的杂交猪，不再养了。杂交猪太能吃，他应付不了那么多嘴巴。他专门卖猪仔。

低山地带，山猪常出没，浩浩荡荡，十几只山猪一起进入西瓜地，扫荡一次，一季西瓜全无。有一次，山猪群进了村街。三只大母猪，带着八只小山猪，从猪毛坞跑到一片玉米地，又闯入一间无人住的屋舍，再游荡到村街。母猪嗷嗷嗷叫着，走在前面。小山猪嗯呤嗯呤嗯呤地叫着，跟在身后。挑粪桶去浇菜的李家老四，是第一个看见山猪的人，大叫一声："野猪进村了，赶野猪啊。"此时正午，呼噜一下，十几个男人拿着锄头，从自家厅堂奔出来，边赶山猪边叫："野猪来了，把野猪赶进巷子里，截住它。"山猪惊慌之下四处乱闯，有的跑进厅堂，有的沿街跑，有的往水田跑。

厅堂里的妇人见了横冲直撞的山猪，吓得爬上八仙桌，叫着自己的男人："猪把开水壶踢烂了。"山猪嗷嗷嗷叫，椅子凳子被掀翻在地，门板被撞裂。

几十号男人追赶着山猪。山猪跑得太快，跳墙、钻屋弄，一下子跑远了。人虽端着锄头竹棍，谁也不敢正面拦截它。有三个人被山猪撞翻在地。有两只各四十多斤重的猪仔，跑入田里，再也跑不了啦。田是烂田，泥浆深，泥浆裹腿。山猪跑了两块田，茫然地站在田中央，嗯呤嗯呤叫。它们在找母猪。几个人正要捉小山猪的时候，大母猪从山边反身回来，扑向田里，想把小猪仔带走。母猪斜横着头，咧开嘴，往人这边冲。一群拿着锄头的男人们，往田这边赶过来，和山猪对峙着。山猪嗷嗷嗷嗷狂叫，耳朵竖起，眼睛从肉缝里暴突出来，咧开竹筒一样的嘴巴，亮出钢牙。人用锄头挖下去，山猪也不躲避，冲撞人。对峙了一会儿，大母猪背脊挨了两锄头，流着血，嗷嗷，嗷嗷嗷嗷，愤怒又伤心，跑回山中去了。其中一个站在田里的男人，吓得瘫坐在泥浆里，浑身大汗淋漓。

山猪确实会咬死人，尤其受了伤的山猪，眼珠发黄，不把伤它之人干倒，死不罢休。有逃生经验的人，不是跑路，而是爬上高大粗壮的树。人跑得再快，不如山猪快；人的体力再好，不如山猪体力好。山猪不会爬树，用身子撞树，或用拱鼻拱树根。山猪的力气再大，对一棵粗壮的树，毫无办法。人坐在树杈上，抱着树，安然无恙。有打山猪的人，一枪没干死山猪，慌神了，手忙脚乱，忘了补一枪。山猪受了枪伤，着了疯魔病一样，往人身上扑，把人撕咬得面目全非。

受伤的山猪扑人，抱着“与敌人同归于尽”的念头。它不是报复人，而是以死相搏，保护家族成员。这是我三舅告诉我的。三舅说:“野猪宁愿自己死,也要保护家族。”三舅是个老猎人,打山猪无数。他说,有一年,在田畈,伏击了一头大山猪,把山猪的拱鼻炸裂开了。他又补了一铳,射进山猪耳朵。山猪满头喷血,但并没倒下,反身跑。两条猎狗一路狂追。过了一个山弯,山猪用身子堵在洞口。洞是黄泥洞,洞内足够藏大山猪。两条猎狗咬山猪的头部,往外拉扯。山猪流了一地血,奄奄一息。三舅放下土铳,去拉山猪。山猪突然跃起身子,往外扑。三舅用长巾包住山猪的头,把山猪摔在地上。山猪离洞口的一刻,一头母山猪从洞里跑出来,带着九只小山猪,往山腰跑。

这件事,让三舅很感慨。他说,山猪对家族的爱护,并不弱于其他动物,也不弱于人。三舅把山猪埋在洞前的茅草地,压了三块石头在坟头。三舅再也不打山猪了。山猪值得他敬重。三舅说:“野猪脾气暴躁,只有在生命受到威胁时,才这样疯狂。其实山猪很温顺,奶猪仔的时候,任猪仔折腾,母山猪躺在地上,一动不动,不会对猪仔露出凶相。”

前些年,有人在林地边拉电网,电击山猪。街上有卖山猪肉的铺子,卖不完,拉进村里卖。山猪肉价比家猪肉价高。电网晚上开闸,早上关闸。有晚上偷木头的人,不知道有电网,晃着手电打着酒嗝,进山。第二天被人发现,偷木头的人死在电网下,寸肤皆黑。偷山猪的人赔了款入了刑,可还是制止不了其他偷山猪的人拉电网。执法部门的人,去搜山里的电网,搜一副电网抓一个人,再无人拉电网了。

山猪最值钱的东西，是山猪肚。在赣东，有一个治疗老胃病的土方，即吃山猪肚。把山猪肚晒干，和田七、人参一起磨粉，一天吃一小羹勺。吃三个山猪肚，胃病好了。山猪爱吃五步蛇，吃一条五步蛇，在山猪肚里留下一个黑斑点。黑斑点越多，山猪吃的五步蛇越多，山猪肚也越值钱。一个老山猪肚，卖一千多块钱。有人很信这个土方，四处搜罗山猪肚。我也曾很信，但现在不信了。

我至今不明白的是，山猪为什么不怕蛇。无论多毒的蛇，山猪也把它吃进嘴里。它对蛇毒有天生的免疫力吗？山猪吃蛇，就像我们吃一根油条吃一根麻花。对于山猪而言，没有什么不可以吃的。它吃草、吃小树、吃瓜菜、吃蛇、吃老鼠、吃蝎子、吃蜈蚣、吃蚂蚁，有吃尽吃。它真是不挑食的动物。不挑食的动物，就是烂贱的动物，易养易长，生命力特别旺盛，生育繁殖力特别旺盛。

在枫林，山猪最多的地方，是董家山坞。山坞的二十几亩山田荒废二十余年，茅草比人高。一条山路早被茅草灌木遮盖了。山猪常下山。一群山猪有十多只，跳下田垄，往山外跑，跑到太阳庙外的芋头地，拱东西吃。山猪在早晨或傍晚跑下山。养山羊的人说，董家山坞至少有三群山猪，一群体毛黑色，一群体毛栗色，一群体毛青褐色。最大的一群，有二十多只。有一次，我爸去董家山坞砍苦竹，看见一头大山猪死在茅草丛里。他反身回来，叫了巷子里三个年轻人，带上棍子绳子，去抬山猪回家。我爸说，山猪至少有三百多斤，鬃毛乌黑，分了肉，可以好好吃上十几天。三个年轻人很兴奋，说，山猪腊肉下谷烧，天王老子见了，也要坐上桌。

三个年轻人翻动山猪身子，发现肉孔钻出了很多肉蛆，大头蚂蚁满地都是。“野猪起码死了四天，肉腐了，不能吃。”我爸很失望地说。一个星期后，我爸跟我说了山猪的事，我忙不迭上董家山坞。在百米之外，我嗅到肉腐的酸腥味。山猪四肢粗短，头大耳小尾短，脚有四趾，硬蹄，犬齿如钢牙。数万只大头蚂蚁爬在山猪的身上，钳肉。山猪的鼻孔、口腔、耳朵、肛门，塞满了蚂蚁。肉蛆肥粗。这是一个触目惊心的分解世界，蚂蚁作为微小的昆虫，分食了体量庞大的山猪，一粒一粒的肉糜被蚂蚁拖举着，排着浩浩荡荡的长队，搬进蚁巢。鸟——绿翅短脚鹎、黄腰柳莺、棕噪鹛、红头穗鹛、短尾鸦雀、小仙翁——加入分餐的队伍，啄食肉蛆、酸腐的糜肉、蚂蚁。蚊蝇嗡嗡嗡，一团团地飞舞。

海洋中，有“鲸死，万物生”的说法，一头鲸死了，这个区域里的食物链生物复活了，丰富了。山猪是陆地上的“鲸”，为食腐动物、食虫动物，提供了充足的食物，腐肉进入土质，滋养了植物。

山猪被分解，让我不胜唏嘘。其实，任何动物在死后，都是被鸟啄、昆虫分食、细菌蚕食，化为尘土，回归乌有之乡。万物之神塑造一个物种，竭尽了自己的想象，尽其所美，尽其所能，尽其所长，让每个物种享其所养，乐其所供。万物之神才是全能神，所有的物种在大自然中找到安身立命的地方，不亏待任何一个物种，也不恩宠任何一个物种。

我看不出山猪是怎么死的。它可能是自然死亡吧。山猪寿命一般是十五到二十年。据三舅说，山猪能预感自己死期，临死前，独自离开猪群，找一个隐蔽的地方，躺下来，等待死神来临。山猪是何等智慧，独自享受安静的死亡。

蛇咒

蛇是阴冷的。当我们用手去触摸蛇时，阴冷迅速传入内心。这种阴冷来自它的血液——天生的冷血动物，远离人迹，孤独地捕食和繁衍。蛇天生不与人类亲近，人类也与它天生疏远。人惧怕蛇伤害自己，对待蛇的办法，要么落荒而逃，要么把蛇打死。

在每个村里，都有捕蛇人，剥蛇皮、取蛇胆、挤蛇毒，最后以“一蛇三吃”的方式，了却蛇的肉身。

“我们这一带，最多的蛇，是金钱白花蛇（银环蛇）。百花蛇（百花锦蛇）和犁头扑（眼镜蛇）很少见，乌梢蛇也很多。”捉蛇人老五吸着纸烟，笑起来，露出烟牙。晚饭后，我去溪边散步，遇上了老五，问他盆地里有关毒蛇的事情。他这样作答。村里有六个捉蛇的人，老五是捉蛇人中年龄最轻的一个，五十多岁，平时以杀猪、种地为生。他烟抽完，我又发一根。他边抽烟边说蛇的事，很带激情。他用烟头指着脚下土路，说：“这短短一截路，我捉了五条金钱白花蛇，也是在傍晚散步，几个妇女被蛇吓得哇哇叫，我捉了一条又出来一条。”老五一年捉八十多条蛇。他家里有好几个木箱，被捉的蛇养在木箱里。

剥蛇，是常见的。把蛇毒挤在杯子里，再把蛇钉在木板上，在头部切一个口子，蛇皮整条拉扯下来，再剖腹，剪下蛇胆，把蛇身剁成一段段。蛇胆泡在半杯高度酒里，随酒一口吞下。蛇身失去了皮，肉白鲜嫩，脊骨两侧横着两条暗红的肉色。关于吃蛇，村里还有禁忌。煮蛇必放在太阳底下，也在太阳底下吃蛇。若是放在屋里煮屋里吃，必遭蛇报复，群蛇会潜入屋舍，把煮蛇人、吃蛇人咬死。

人类对蛇的警惕心，超过对其他一切物种的警惕心。以剥皮而消灭肉身的动物，也唯独有蛇。“剥其皮，食其肉”是人类最残忍最恶毒的一种惩罚方式。

蛇对人的抗争，便是在人身上下毒，以针一样的牙齿，把毒液注射进人体。老五说的金钱白花蛇，就是银环蛇，属眼镜蛇科，蛇纹一环白一环黑，背脊较高，横截面呈三角形，头椭圆形，盘在地上，头尾相衔，像一堆烂牛绳。戊戌年秋，车边村有一个王姓青年人去看望外婆，回家的路上，看见一条筷子长的小蛇，一环白一环黑，盘在扫把草下，很是可爱。他把蛇捉进自己的上衣口袋，口袋翻盖掩实，带回去玩。吃了晚饭，他捏捏口袋角，没捏到小蛇，他手伸进去，被小蛇咬了一口。小蛇躲在翻盖下，他没发现。小蛇咬手如大头蚂蚁蜇了一下，不疼。他也没在意。过了一刻钟，他感到四肢瘫软无力，呼吸急促。他估计自己中蛇毒了，去两百米外的乡卫生院就医。到了医院门口，他挪不了步子了，被医护人员搀扶进急诊室，上了病床，人重度昏迷，针头扎进静脉，人已停止了呼吸。

每隔几年，镇里都会有被蛇咬死的人。被咬死的人，也大多就医意识淡薄，现场处理伤口能力低下，甚至无处理，或者处理得适得其反。最科学有效的处理方法，即挤压伤口，把血挤出来，并不断用清水或肥皂水反复清洗，不要运动，请医生立即救治。

其实，主动攻击人的蛇，很少。即使毒性无比剧烈的，见了人，也会溜走，或者躲在草丛不出来。在盆地，只有一种蛇，会呼呼呼追着人跑，发出主动攻击。这就是犁头扑。犁头扑即中国普通眼镜蛇，黑褐色，为大型前沟牙毒蛇，颈腹有一黑色宽横纹，颈背有双圈“眼镜”状斑纹，头腹及体前腹面黄白色。它头如三角形犁头，故称犁头扑。暴热天气，它懒懒地睡在太阳下，在溪边，在菜地，在稻田边，在坟边，如一堆牛干粪。人走过去，它竖立前半身，颈部迅速扩大。人跑，它追。它嗖嗖嗖地游走，神经毒液可以喷出两米远，且非常精准。

犁头扑是毒蛇之王。它可以杀死一切毒蛇，而别的毒蛇无法杀它——犁头扑可以解一切蛇毒。老鼠、鸟、黄鼬等，并不能满足它沟壑难填的欲望，唯有同类的尸骨，让它觉得自己才是帝王。

有一种很小的蛇，土名叫麻雀寸（我一直查不出学名），和筷子差不多粗，两根香烟长。它专吃麻雀。再高再深的麻雀窝，它都可以爬上去，无声无息，进入麻雀窝，把毒液注入麻雀身体，慢慢分食。孩童掏麻雀窝，手伸进去，摸到冰凉的东西，吓得掉下树。

蛇，是我惧怕的动物。无论是有毒蛇，还是无毒蛇，我都很惧怕。仅仅看一眼,我也浑身起鸡皮疙瘩。它蜷缩在角落,昂着头吐出芯子,一副与人有仇的样子。即使不昂起头,盘在路边或嗖嗖游走,也和一堆牛屎或一截烂绳差不多。假如与人对峙,它不会主动退缩,保持着它冷傲的威严。芯子分叉,淡黄色,火焰般悠闪。散发腥味的鳞片,似乎涂着一层天然的铁锈。蛇的鳞片可以感受到风的方向,它的芯子可以捕捉动物的气息。

作为穴居动物的蛇,它太神秘。"五步蛇最喜欢在水泥浇筑的坟墓里,找一个窟窿安身。五步蛇喜欢和死人或者阴魂做伴。五步蛇那么毒,就是阴气太重。"老五的说法毫无科学道理,但有趣。

"无论蛇多阴毒,也无法逃脱捉蛇人的一双肉手。可见,人比蛇阴毒,人才是万毒之王。"我说。听的人,哈哈大笑。

很多蛇,是无毒的。把无毒蛇称之为蛇,似乎枉费了蛇的声名。因为有蛇的声名,无毒蛇惨死的方式,和有毒蛇没有两样:蛇皮晒干,做了二胡的琴皮;蛇肉炖鸡或椒盐干煸;蛇胆入了药。

盆地最多的无毒蛇,是泥蛇。泥蛇藏在田泥底下。插秧或耘田时,一脚踩下去,有软软的东西在脚板下蠕动。蠕动的东西便是泥蛇,怕蛇的人惊慌跑上田埂,身子如筛糠,大惊失色,叫着:"有蛇啊,有蛇啊。""一条泥蛇有什么好怕的,又没毒。"胆大的人把手抄进深泥里,抓上一条裹着泥浆的泥蛇。若是在8月9月,在田埂的洞穴里,摸一摸,会摸出一窝泥蛇蛋。泥蛇蛋和番鸭蛋差不多大,蛋壳白色。

泥蛇属于游蛇科动物,也是最懒的蛇,它不愿动,即使被人抓在手上，它也懒得挣扎。在动物界，它是没有天敌的，不是它有多么强大，而是它龟缩在烂泥里，谁也发现不了它。牛耕田，犁铧把泥翻上来，也把泥蛇翻上来，它还粘在泥里，牛梢打下去，挑起，扔在田埂上，被鸟啄食。它寸骨尽断，爬不了。机器耕田以后，泥蛇变得很稀少，近趋绝迹。机器的轮叶把泥蛇打得稀烂。

水蛇也属于游蛇科，它在溪边、河边生活。夏季的饶北河，每天都可以看到水蛇从河面上飚射。它游得太快，近乎滑翔，腹部划过水面，水有了张力，它利用水的张力浮起身子，掠起一道飞箭似的水影。水蛇以鱼、蛙、鸟为主要食物。它游水的时候，向它抛一颗石子，它迅速钻入水里，游出几十米远，浮出头。草鸮从树上俯冲而下，抓起水蛇，回到树上，爪摁住蛇，啄食。草鸮从蛇头开始啄，啄一下，拉扯出一层皮肉。

在人居附近生活的蛇，以乌梢蛇居多。乌梢蛇捕鸟、老鼠、小鸡、小鸭、蛙等为食。番薯地里，乌梢蛇常出没。它藏在茂盛的番薯叶下面，人很难发现。我们割番薯藤，摘番薯叶，乌梢蛇轻溜溜地跑了。它擅长偷鸡蛋鸭蛋。鸡笼鸭笼放在院子，乌梢蛇溜进去，吞了蛋就溜。它是偷蛋大师，神不知鬼不觉。养多了鸡鸭，养一只鹅防贼。蛇怕鹅，有鹅的地方，不会有蛇。乡人说，蛇嗅到鹅屎的气味，会远远躲开。鹅是素食主义者，它的屎却有奇异的腥臭味。乡人说，蛇沾了鹅屎，会浑身烂肉，直至烂死。无人给鹅屎做过科学的检测，是否含有什么毒素，不得而知。但有鹅的地方，确实不会有蛇。不养鹅，也可以防蛇——在院子里，撒一圈硫黄粉或栽很多指甲花。指甲花的芳香可以驱蛇。

蛇远远避开人类生活，蛇不会受到人的欢迎。人不但取蛇而食之，还降服蛇，使之沦为道具。

对岸的村子，有呼蛇人，常来表演。在旧小学的操场上，点着大汽灯，呼蛇人打着锣，当当当，喊着："快来看呼蛇啊，免费看呼蛇。"操场围了一圈人，他脱下汗衫，露出圈在腰上的一条蛇。蛇乌黑黑，张开嘴巴，闪着芯子，绿豆般的眼珠瞪得滚圆溜滑。围观的人啊的一声惊吓，往后退几步，继续围观。呼蛇人哈哈两声，打一套拳脚，说，闪开一下，我呼蛇了。他却迟迟不呼，一个人谈白，讲得人人哈哈大笑。等不及的人，喊："呼蛇啊，快呼蛇啊。"呼蛇人又打一套拳脚，说："蛇咬人不要紧，我有蛇药啊。"他把十几个玻璃瓶摆在一张蓝布上，拿起一个瓶子，给大家介绍，瓶子里的药治什么蛇伤。每个瓶子介绍完了，他咳了咳，说："马上呼蛇了，谁发出声音蛇咬谁，咬了谁我可治不了。"操场上，一下子安静了，如骚动的潮水平息了下来。他用一块黑布套在嘴巴上，发出一种嗖嗖嗖的声音。他的胸部鼓起来又瘪下去，又缓缓鼓起。他的腮帮胀得像桃子。蛇真的来了，从民房墙根下游过来，有四五条。围观的人吓得惊叫，胆小的人四散而逃。

呼蛇人怎么呼得出蛇呢？这个事，无人想得通。有人说，这不是呼蛇，是一种诈术，可无人破解得了。看了几次呼蛇，呼蛇人再来村里，去看的人很少了。舞蛇人来了，更吸引人。

舞蛇人吹着短笛进村，音乐轻柔悠长。他来自安徽蚌埠，即使天热，他也穿一件蓝灰色的衬衫，头上罩一块靛蓝的头巾。他的身后跟着一个妇人和一个小孩。妇人背着黄色米袋，手上拿着一副快板。一条蛇盘在吹笛人肩膀上，头轻摇，如一只浮在水上的浮标。

在有大厅堂的人家，吹笛人停下了脚步，说："老哥哥，在你家讨碗水喝。"喝了水，他站在八仙桌边，把笛子横在嘴边，吹起了笛子。笛声激越轻快，如阵雨洒落。蛇溜下吹笛人肩膀，滑到桌上，昂起头，开始跳舞。蛇是赤链蛇，头宽扁黑色，体背乌褐，一条条红色横斑一环环地圈起来。蛇时而伸直身子往上蹿，时而在桌上扭动。蛇跳起舞来，像一个阿拉伯少女，穿着七彩裙，跳着阿拉伯舞。笛声响起，吸引了很多街邻去看。大家一边看一边高呼"该个零丧的（方言，零丧是精怪的意思），比人跳得还好看。"妇人脸上露出了桃花一样的笑容，气都笑喷了。

笛声歇了，蛇盘在桌上，眯着小眼睛，看着人。蚌埠妇人拉开米袋口，说："给几个钱吧，谢谢了。"街邻说："给了钱，还得叫蛇跳舞啊。"吹笛人说："要得，要得，蛇就是舞仙。"

蛇太聪明。过于聪明的物种，不会有朋友，注定踽踽独行，离群索居。寂寞是蛇唯一的终身伙伴，即使求偶、交配，也躲在僻静的角落，不让鸟兽发现，不像鸟类，大张旗鼓地抖动羽毛、高声鸣唱，借此吸引异性。家住官葬山的老乐，有一天傍晚，在废墟（原砖厂窑址），见有两条五步蛇，粗如船缆绳，盘结在一块煤沙地上，彼此缠绕。这是两条正在交配的五步蛇。老乐抽起长竹棍，三棍猛打，两条蛇当即毙命。他挑来一担土，就地掩埋。第二天，捉蛇的老五遇上老乐，老乐说起了打蛇的事，说从没见过那么大的五步蛇。老五挖开土，称了蛇的重量，一条五斤三两，一条五斤七两。

老乐打蛇，是为民除害。乡人这样认为，也这样去做。没有人会非议打蛇人。乡人把蛇当作一害，打蛇是天经地义的事。人解除不了对蛇的戒心，或者说，人无法克服对蛇的恐惧。

毒是造物主安排给蛇的生存武器。而人因此赋予了蛇原罪，生而为蛇，就注定了终身落荒而逃。蛇就是自然界普通的物种，人却不懂得宽恕，生死夺伐。人彻底理解了蛇，放蛇一条生路，人才理解了人类自己：理解与宽恕他者，尊重并维护他者的生存权，是人与人、人与其他物种相处的伟大品质。

苦雨

雨簌簌落。雨打在南瓜叶上，弹跳起来，又落下去，碎出一声：嗒嗒。南瓜花初谢，小南瓜只有肚脐眼大。雨从山梁一圈圈箍下来，一阵比一阵盛大。有人挑着竹箕去剪番薯藤。番薯藤还没有两尺长，剪一半留一半，挑回家，再分节剪，扦插到番薯地。借雨种番薯，借阳育谷种。

芒种前后，是漫长的雨季。雨来之前，天闷热。人困顿，昏昏欲睡。我每天都是一副睡不醒的样子，早上六点半起床，八点半又睡，十点半醒来，中午十二点半又睡。一天睡觉的时间，超过了十二个小时。天滚着云。云黑黑，看起来，和石灰石峭壁差不多。没有一个可以透风的地方，人不动，即使坐着，也是汗水涔涔，额头泌出油脂。沙沙沙，树叶响了几声，鹡鸰鸟叽叽叽，飞出了一道波浪线，田野瞬间一阵黑——雨敲下来，把雨滴敲在大地上。河，被什么东西煮沸了，河面跳荡着激烈、密集、白白的水泡。乌鸫缩在树叶丛，不时地抖一下身子，叫一声“叽咕咕”。它瑟瑟的身子，似乎有些冷。雨从树叶滴下来，滴在乌鸫的头上，它甩一下，在树枝上换移两步，抖抖翅膀，继续蹲着发呆。它被轰轰轰的雨声罩住了。河边的蓬藁娇艳欲滴，熟透的果实被雨打落，滚满泥浆。

雨收走了初暑的热气，激荡出幽凉的风。风摇着秧苗，浪起一层层的青色涟漪。雨燕是唯一在雨中翻飞的鸟，三五成群，一阵高一阵低。雨落一阵，山川又油绿几分。雨慢慢疏，雨线柔和，天敞开了光，远山明亮。

有人挑着竹箕去田野，去山垄，扦插番薯。我也提着桶，给果树施肥。肥是油菜饼，已浸泡了半个月，等一场大雨来，埋在果树下。油菜饼发酵时，会散热，没有浸泡就直接下肥，会烧死果树根须。果树死了根须，叶黄枝枯，一个月后彻底死。梨树、桃树、柚树、橘树、枣树，正是花期刚过不久，初结小果，不追一次肥，小果很难成形，抗病虫害能力不足，易谢果。我给果树施肥，一年施三次油菜饼肥：过冬一次，结小果时一次，灌浆时一次。每次选在大雨之后施肥，泥土湿透，在根部掏一个洞，埋上肥掩上土。

雨水浇透了的土，随手抓一把，稀烂。我把毛竹按节锯成一筒一筒，在节底凿一个孔，以栽花。黄泥夯墙，黑泥栽花。黑泥灌入竹筒，手指压实，栽上菖蒲、兰花、藿香蓟、朱顶红、葱兰。一个竹筒栽一株。这样栽的草本，不会死。之前，我还在竹筒里，埋水果的种子下去，如枇杷核、柚子核、杨梅核、杏核、桃核。除了杨梅，其他水果的核都发了芽。芽在11月发出来，来年春，树苗有半尺长。我抱着竹筒，一起埋在山中荒地，让它们听从自己生命的召唤。

收割了的油菜秆，在田里慢慢朽，秆色乌黑，秆皮烂出了油滑滑的水浆。歇了的雨，过一个时辰，又哗哗泼下来，沟沟壑壑淌满了水，甚至淹没了荒田。种菜的人，在菜地早早挖出排水沟，把雨水泄到溪里。瓜豆种在油菜地，油菜秆捂在泥里，霉变腐烂，蚯蚓钻在秆孔里旺盛地繁殖。瓜豆爬了半个架，它们等着雨水的牵引和阳光的导入，攀往藤架的最高处。那是它们的巅峰之处，在那里开花结果，也在那里招蜂惹蝶。竹节草、牛筋草、马唐草、看麦娘、小飞蓬趁雨势而长，把芝麻、荞麦、辣椒、马铃薯、茄子等秧苗遮盖了，让种菜人不得不三天拔一次草。草拔了，草根还在地里，三天后又长得葱葱茏茏。这些草，都是不死草，只要有一绺根须，有雨水，它们永远不死。

被淹了的荒田，鹅肠草、鼠曲草、石胡荽、野胡萝卜、火炭母草、泥胡菜，开始一节节烂，从根部往上烂，但叶子浮在水面，青青蓝蓝。水退了，荒田再次暴晒两日，被热热的水汽熏烤，它们茎叶不存，烂在泥里，成了泥的肥沃部分。酸模、龙葵、千金子、马齿苋、田旋花、灰绿藜、鬼针草，却长得更加肥大、粗壮。在水洼之处，毛茛开出了粉黄的花，和剪刀股一起，成为荒田里的灯盏。

烂了茎叶的草，并非死去，而是一种暂时的忍让与退避，为丰茂而起的草，腾出生命的空间。在大地的屋檐下，彼此都换着节律活，一茬兴一茬衰，交替使用着场地，彼此喂养彼此。大地上，没有死亡，只有更替，或自我更新。死是永不再来、无路返回，而更新是自我替代，是物种遗存与衍变的智慧。

雨下起来，没个尽头，晚上接着下。夜黑，看不见雨线。雨当当当，敲在瓦上，拉开了序曲。坐在屋里，瓦雨声如夜行赶路的马蹄声，嗒嗒嗒嗒。马蹄不疾不徐，有节奏地走在村户巷弄之间，马蹄溅起的水花，扬起来又落下去。赶路人是一个少小离家的人，在挨门挨户地问："哪一扇门里，住着我年迈的母亲？"

每一扇门都紧闭着。开门的人，同样以瓦雨声回答："有雨的地方草木丰美。"马在巷弄之间来回打转，赶路人疑惑不定，问自己："我的出生地就是河流的出生地，难道错了？"于是他继续敲门询问。在雨停歇之前，他给了自己答案："我离开的地方，正是我回来的地方，来处即去处。"

嗒嗒嗒的马蹄声，让世界陷入了汪洋。寂静的汪洋。我怀疑自己所处的世界，是一片荒蛮。雨噗噗噗，打在窗玻璃上，滑下一道道水痕。水痕披散，似一道水帘。我下楼打开大门，亮起厅堂所有的灯。我并没看见马，也没看见赶马人。雨声在雨声中消失，雨声在雨声中胶合。雨在投射的灯光里，织出一张垂线的雨布。

雨把夜的黑过滤干净了，天发白。白得没有杂色。清晨，川峦如洗，田畈一望无垠。峻峭的灵山之巅罩着白白的云海。从寒塘飞出来的白鹭，嘎嘎嘎叫着，十几只一群，沿着山边，飞向河滩。河水暴涨，淹没了草洲，淹没了棘柳林。咆哮的河水撞击着河堤，轰，轰，轰。蓝翡翠和鱼鹰，贴着河面飞。河水裹挟着干树枝、草屑、腐木，卷着浪，奔泻而去。坐落于对岸的彭家坞，三个大鱼塘，被雨水冲垮，泥堤溃坝，鱼在河中得到了胜利的逃亡。塘里的鱼，从来就不知道有比鱼塘更广阔的世界。或许,塘里的鱼以为,有水就可以安享生命,又不飞翔,要那么大的世界干什么用呢?在泥堤崩塌、塘鱼跃入饶北河的那一刻,它们蹦跳,浪起了水花,追逐着水流。它们多么快活。无限制的河流,才有无限制的自由。它们再也不会游回水塘里,除非被网捉了。它们自由地游,就是自由地活。假如失去了自由,它们将成为死鱼,被人剖腹剁头刮鳞,盐腌,入油锅,加料酒、生姜、蒜头、辣椒,制成舌头的祭品。

曾思考过很长时间,植物、动物有幸福感吗?动物有情感思维感官,有痛感有兴奋感,肯定能体会幸福。植物能体会幸福吗?我觉得,能体会。比如,我们用刀砍一下树,树抖动一下,有的树还流下浓浓的树脂,如松树、漆树、杉树。树没有发声器官,喊不出痛,只有拼命战抖着身子,拼命地流身上的汁液。在山野,风吹来了,树叶沙沙响;雨落下来了,树枝淌着水珠。树在表达幸福。

那动植物最幸福的一生,应该是怎么样的呢?我认为,是默默地生默默地死。生也不被知,死也不被知。或者说,生不被戕害,死不被践踏。鱼入了河,鸟入了林,正是这样幸福的时刻。

雨后的傍晚,远空难得抹了一襟晚照。这个时候,原野重获了生机。沟壑里的水慢慢浅下去,田露出了灰色的浆泥。白鹭、黄嘴山鸦、灰背鸫在安静地吃食。雨水多日,它们似乎忍受了足够的饥饿,它们再也顾不得将退的夕光,埋头啄食。我也踏上草径,去田畈走一个大圈。田畈自西向东,慢慢倾斜低矮下去,高高的白杨树聚集着归巢的雀鸟,莲荷浮出零散的圆叶,牛背形的古城山生出几分肃穆。我感到，脚下的大地和所见的山川，滋生出巨大的慈悲。大地怜爱万物，包容万物。

事实上，一阵雨追赶着一阵雨而来。在傍晚，雨来得短暂而肆意。我多次看到了这样的暴雨：雨在低空时，视野一片乌黑，只有亮亮的雨线在飘晃；而中高空的雨，则一片白。雨在高空，被空气摩擦，雨珠破碎，部分已雾化，因雨珠够大，继续下降，密集飘旋下来，遮蔽了视野。暴雨结束，但雨星子仍然迷蒙飘落，如断线的雨丝。风吹着雨星子，模糊乌黑的视野，也慢慢变白。原野白茫茫一片，不见山，不见人，不见树木，只有溪流淙淙。

雨已经下了十余天，仍然没有转晴的迹象。生菜、卷心菜等阔叶菜，烂在菜地里。菜从菜心里往外烂，菜虫和蜗牛、蜒蚰躲在菜心里，快速地繁殖。最外的一层菜叶烂了，整株菜化为一摊污黄的水。在山边种菜的阿七，忙着给辣椒地铺茅草。茅草一摞摞地铺在垄里，严严实实。我问阿七："铺草是为了不让杂草长吧？"阿七说，不单单是遮杂草，还可以防止雨季过后，水大量蒸发，蒸发的水多了，会焖死辣椒。我说，辣椒也太容易死了，它长得很抽条。阿七说，要在早晨或傍晚给菜浇水，如果在太阳滚热时浇水，水蒸发出来，一天就把菜焖死。

无法消受雨水浸泡的菜，大多烂根而死。辣椒、茄子、西红柿等刚开花的时蔬，根须开始发白，而后发黑，黑出一撮霉斑毛，根须烂在了泥里。蚯蚓和百足虫盘踞在根下，啃食纤维。再降一场暴雨，霉变了根须的时蔬，再也承受不了雨的击打，崩倒在地。崩倒的时候，叶子甚至还没卷，青翠欲滴。

烂根而死的，还有移栽的树。徐家老十在建房子时，把地基上的桂花树移栽到公路边，有三个月了。桂花树易栽易活，可三个月过去了，没发一条新枝。老十问我："桂花树种了十几年，移栽过来，应该很容易活，可怎么不发叶呢？"我说："根须还没粘连泥土，新须没长出来，当然发不了新叶。"老十说："今年夏天得多浇几次水，不然会枯死。"雨季还没结束，桂花树死了。一阵雨来，桂花叶落一片，落了七天，没叶子落了。没有粘连着泥土的根须，很容易烂根。我种的乐昌含笑，也是这样死的。乐昌含笑树径达十厘米，种了半年多，花开得白白密密，如繁星。花谢了，新芽一直发不出来。它熬过了寒冬的霜雪，却没熬过雨季。它的地下根部已黑如木炭、朽如麦麸。

小满与夏至之间，是一年雨水最丰沛的季节。小满至，乡人忙手忙脚，拔大蒜、收蚕豆，大蒜蚕豆一把把扎起来，挂在屋檐。玉米、南瓜、西瓜、玉瓜、丝瓜等旺长的作物，趁雨前追一次肥，肥被雨水一次次地渗进泥里。山斑鸠、白鹭、布谷、山鹊、山鸦、喜鹊等鸟类，已育雏出窝，它们的试飞，避开了雨季。

院子里，种下的梅树，结了很多梅子，青中透红。我想着，再过半个月，梅子熟了，摘下来，焐一坛梅子酒。雨下了八天，一个梅子也不剩，霉了蒂，雨打即落。枣也是这样，地上都是绿豆大的枣粒。屋角的柚树上，结了五十三个小果，也只剩下十三个。花开得那么多，果结得那么少，是因为经过雨季。待果熟，还得经过更加漫长的干旱。一个瓜，一个果，到了熟透，经历了九死一生。留给我们的一瓜一果，凝结着生存的极大智慧，而并非出于某种偶然。

我们无法预料雨季到底有多长，会在哪一天停下来。2010年是百年来的最长雨季，整整下了六十三天。幸好，液化气替代了柴火做燃料，要不然，烧饭也找不出柴火，只有破了门框填灶膛。

天上落下来的水，涌入了河里。河水上涨，一日浪高一日，泄不出去的水，淹没了田野。秧田、瓜田、芋头田、葡萄田，成了一片水泽之国。乡人望着茫茫白浪，心揪着疼，又无可奈何。无人居住的瓦屋倒塌。

雨季以摧枯拉朽的力量，扫荡将死之物；补充了地下水，为土地储备了丰厚的续生资源；稀释了土壤农药、化肥污染，为生命体提供了更洁净的生存环境；淡水通过自然的循环，得以更广阔地分布，以尽可能广泛地孕育万物。

当某种非常规气候出现，我并不认为它是恶劣的气候，是对人类的一种惩罚，而是认为这是大自然通过自我调节，恢复到更理想的状态的一种方式。

无论多漫长的雨季，终究会结束。季节会给任何气候，画上休止符。季节是一只魔手，操弄着一架神秘的键盘，翻雨覆云。雨季过后，便鲜有雨了。雨成了稀罕物。秧苗迎着骄阳，碧油油生长。雨是天空寄给大地的一封福音书——塑造生命的福音，也在塑造死亡的福音。这是自然界最伟大的业绩。

野火之后

火光盖住了山梁，往天上喷射，浓烟翻滚，黑浪奔涌。庚子年四月二十八日晚，收到邻居发给我的视频，说，村里的后山正在烧。

第三日清早，我赶往枫林。山火已扑灭，山体满眼黑乎乎。我拿了一根木棍，沿溪边进山。在里棚坞山腰油茶林，烟尘腾空而起，有人在说话，在砍木头。我想不出那些人在干什么。脸盆形的山坞和夹凹形山垄并没失火，被葛藤、油桐树、油茶树、棕树、冬青等植物，完全覆盖了。山垄两边及山腰以上山体，一片炭黑。松树、杉树、油茶树、枫树、木荷等烧光了树叶，树干直条条兀立。我进了山腰油茶林，看见两个人蒙着头戴着口罩，在扫草木灰。灰尘一阵阵腾起，我辨认不出是谁。灰蒙得我满脸，手摸摸头发，手上都是灰。“你也上山了。”扫草木灰的男人认出了我，打了一声招呼。“那个人是谁啊？”畚草木灰的女人问男人。“你都认不出他啦？他是傅家的。”男人说。

“你扫草木灰干什么？”我又问了一句。

“芋头发了半个月的芽，草木灰焐芋头，芋头长得快，还特别好吃，又黏又糯。”男人停了手中的活，双手叉腰，看着我。但我始终辨认不出他是谁。我说，山腰有砍树的人，是山主吗？往箩筐里倒草木灰的女人说，是塘底村的人，砍小杉木做豆扦。

笃，笃，笃。刀吃进木头的声音，沉稳有力。我爬上山腰，看见手腕粗的杉木扎成捆，堆在山道边。我给村里主事的庆东打电话：“山烧了，树木是不是可以随便砍伐啊？”

“昨天全村打了锣，布了告示，杉木、松木一律不能砍，油茶树征得山主同意可以砍，杂木可以砍。余家昨天有人砍松木，被处罚了。”庆东说。

“塘底人在里棚坞砍杉木，现在还在砍。”我说。

“我马上通知护林员老五去看看。我们自己的山，都舍不得砍树木，更轮不到塘底人来砍了。”

蒙脸女人听着我打电话，说：“烧了的杉木没什么用，砍了就砍了，砍几根小杉木被处罚，好冤。”她老公应和着说：“我们没砍就可以了，苦竹做豆扦，比杉木好。”

“树过了火，树叶烧了，不等于树死了。树皮没烧焦，树还会发叶。”我说。

“即使活了，树也没什么用，有火烧涧。”（方言，火烧涧即涧坑一样的裂缝。）

“手腕粗的杉木，得长五年，不容易。树可以涵养水分，看起来也舒服。不是所有的树，都用来锯木板。”我说。

山腰有一条横路，向北延伸。横路已多年无人行走，路边长满了蒺藜、山楂、黄荆、茅草、野刺梨，人根本无法通行。一场大火把这些野刺、灌木、草类烧了，茬也烧没了。横路又恢复了原本的面目。横路之上是二十年的人工种植松木林、杉木林，横路之下是野生油茶林。一条蛇被烧死在一棵松树下。蛇有一米来长，张着扁扁的嘴巴，身子弯曲。我捏了一下蛇，钢绳一样硬。

“动物会被烧死。”我心头一个闪念，开始留意地面。这一带，山兔、黄麂、蛇、山鼠、山猪、黄鼠狼、松鼠，是常见的。我沿着松树林，很细致地看过去，却什么也没发现。让我惊讶的是，树林里竟然有很多大头蚂蚁。大头蚂蚁是怎么躲过大火之劫的呢？大头蚂蚁别名双齿多刺蚁、黑蚂蚁，杂食性，吃树汁、草叶、浆果，吃蜻蜓、蝴蝶、甲壳虫等其他昆虫，喜欢栖居在松树林，捕杀强悍的松毛虫，筑巢在山崖石缝或树木上，以草叶筑巢。动物大多有“防灾”的先知先觉，空气中弥散的刺激气味，是强烈的“预警”。据说，山猪极其聪明，在两里之外，能准确捕捉山洪、野火等自然灾害的信息，翻山而逃。所以山猪被称为猪精。黄鼠狼、獾则躲进洞穴里，拱起泥巴堵洞口。山麂是温厚的动物，野火来了，躲在灌木丛一动不动。大火过处，草木不生，山麂被活活烧死。野火发生后，有经验的人，去山垄捡山麂，两根扁担抬回村。

横路下的第一个山垄，是周家小叔的油茶林。正月，出门打工了二十余年的周家小叔，打算不出门了，留在家里种西瓜。周家小叔闲得无聊，磨起砍山刀，把这条山垄的杂木、芦苇、藤刺砍得干干净净，只留下油茶树。做豆腐卖的丁标，把杂木锯成一米长的一段段，用电瓶车拉回来。杂木碗口粗，劈两半，做劈柴烧火。山下田主三眼，把藤刺、芦苇铺在田里，焐死杂草种芋头。山垄里除了油茶树，赤裸裸了。这样的山垄，成了一道防火线，野火过不去了，以北的横路以下山体，仍然郁郁葱葱。

松林，其实是稀疏的树林。松树高大粗壮。松林之上，是扁平的山尖。山尖有几十棵烧黄了的松树。有几个人站在山尖上，啊啊啊地叫。可能他们也是很多年没上过山尖了。开阔葱绿的盆地收入他们眼底，翻耕了的水田银白，白鹭在他们的俯视下列“人”字队列向河边飞去。松林，已看不到生机，死亡般深度沉睡。除了大头蚂蚁和鸟，我没有看到任何生命的迹象。焦黑的树干沉默着。林地里有很多鸟，从草木灰里找死虫、草籽、坚果吃。

横路往北一里地，是松树、杉树、野生阔叶树混杂林。阔叶树阻挡了火势，把火逼向了山梁。阔叶树侧边，是深凹的山垄，叫金冈山坑，石灰石山崖耸立，汇泉成涧，筑池渡水，供村人饮用。混杂林有几只松鼠，在觅食。松鼠扒灰，掰烧熟了的坚果吃。它的嘴巴、体毛，黑乎乎。坚果松脆芳香，是松鼠爱吃的粮食。

火是一个叫烧炭的人放的。他想挖一块地，种番薯。地里茅草太多，他割了茅草，堆在一起，烧荒。风大，着了火的茅草被吹上山了。他连忙赶回家找东西扑火。茅草山一下子烧旺了。村人上山扑火，扑不灭。镇里派来消防队员，上山打火，但火势已无法控制了,只有守着往下压的火线,以免威胁村舍。火势太猛,村人眼睁睁看着草木烧为灰烬。其中有一个打火人员被一条杂蛇咬伤了,伤势严重。捉蛇的老五说,蛇是蝮蛇和青竹蛇的杂交蛇,剧毒,还好有血清救治,不然,生死未卜。

执法人员调查失火原由,抓了烧炭,问他:“是你放的火吗?”烧炭抖头,抖得像拨浪鼓。执法人员继续问他:“不是你放的火?”烧炭还是抖一下头。无论怎么问他,烧炭都是抖头。他儿子对执法人员说,是我爸放的火,你们把他抓去吧。执法人员哭笑不得。田佬说起这事,绘声绘色。他对我说,烧炭是痴傻吗?也不是,他还知道扑火,不是痴傻吗?也不是,别人和他说什么话,他只知道抖头,世界上还有这号人。

“山坡上,都过了火,而山垄却烧不进去,金冈山坑、董家山坞、唐僧坞,都还好好的,真是天佑枫林,把水源保住了。水源地烧了,秋天干旱,家家户户没水喝。”回到家,我和我爸说。

“水源地肯定不会烧了山,我不去看也知道。”我爸捏着瘪瘪的纸烟,说。

“为什么?”

“有水源,空气湿度太大,把火焰浮走了。”

“我还担心水源地被烧了,你早和我说,我也不上山了。我全身都是灰,灰从裤脚钻上来,吸在身上。”我跺跺脚,地上一层灰。

“你的书还没读通。书读通了,才有用。”

“那你还知道什么?”

“你知道的，我都知道。你不知道的，我也知道。这就是为什么我是你爸。”他抖起烟，笑起来，像一只蝌蚪。

下午，我去峡谷，看见有好几个人，搂着畚斗，去山里。畚斗里装着芝麻拌细沙。他们去撒芝麻种。做木匠的小渊把大畚斗扛在肩膀上，沉沉的。我问他：“种这么多芝麻，要挖很多地吧？”小渊师傅右手托着畚斗，左手握一把柴刀，说：“直接把油麻撒在火烧山，一场雨下来，油麻发芽，一季油麻不用管，年收非常好。”他边走边说：“你也去买几斤油麻，撒一撒，几年也吃不完。”

峡谷口，有一个羊铺搭在山边荒田。放羊的曹家老四用割草机割芦苇、灌木。溪涧边，芦苇和灌木非常茂盛，占领了二十几亩荒田。他是第一年放羊，买来二十一头羊，其中十六头羊是羊崽。这一带，有很好的草山，羊每天吃得肚子滚圆。火烧了山，把草山烧了一大部分，草料一下子锐减。割了的芦苇，三天长出新芽。这是羊爱吃的。老四说，过半个月雨季来了，火烧山处处是新芽，这么大片火烧山，起码可以供三百头羊吃。

山梁起伏，烧焦了的松树苍然而立。在去太阳庙的路上，我遇见了护林员老五。他说，火烧了两千余亩山，向北烧到了太平山，向西烧了白山蓬，真是可惜，山烧一次，至少五年才恢复植被。

2013年清明节前两天，上枫林一个妇人，上山砍柴，她歇气的时候，烧火玩，引发山火。我在杂货店买东西，看见山边黑烟滚滚腾起，随即火光冲天。时值正午，村人在街上大声叫了起来：“火烧山了，火烧山了。”半个小时后，镇里二十余名消防队员来上山打火。一个小时后，一名消防队员被烧死，下身器官被烧炀了。消防队员撤下山，任山火烧，烧到晚上十点，天上有了积雨云，实施人工降雨，才灭了火。山只剩下焦黄的松树和杉树。第二天，村民去山上捡烧死的动物，有人捡到山兔，有人捡到山麂。

过了三个多月，山上长出了茅草和蕨类植物。煻了树叶的油茶树又重新发出新叶。过了三年，绿披山坡，大部分松树和杉木又活了过来，再也看不到裸露的山体。活得最耀眼的一棵树，是里棚坞山崖上的山樱。山樱似从山崖飞翔而出，在火烧山第二年，开出了白灿灿的花。山樱的根系扎在山崖的缝隙里，长了二十余年，才长出三米多高。山崖还长了一丛箬竹，箬竹被烧后，再也未长出。在灌木全被烧死、茅草疯长的山崖，山樱是唯一活下来的一棵树。

又过了三年，山上有了很多枫树、冬青、泡桐和青冈栎。这些树唰唰唰地拔地而起。在猪毛坞上面的芭茅地，有两棵香樟也有了席大的树冠。风把远方的种子吹到了火烧山，它们发芽生根，被草木灰催肥，茁壮成长。油茶树也更蓬勃。养蜂人在山坞里，摆了二十余箱蜜蜂，四季刮蜜。油茶花在霜月，开得满山白。可每年摘下的油茶籽，一年比一年少，成倍数下降。村人很疑惑，为什么开那么多油茶花，结那么少的油茶籽呢？

之前，有人认为砖厂窑烟污染了空气，油茶有花无果。而山坞里的梨树，却年年丰产。砖厂撤了之后，油茶继续逐年减产。峡谷两边的山，无任何污染，这是为什么呢？请过油茶专家来看，专家也解释不了。山里人是种油茶的好手，茶油是他们的主要年收。我表弟水根的岳母，是坳头人，在二十年前，茶油每年收一千四百多斤，现在收不到六十斤。去年，我在一本植物资料书里，无意间看到一篇研究文章，说，油茶在开花时，出现霜冻天气，冬天有长雪，油茶盛产。枫林在霜降期间，已有十余年没有出现霜冻天气了，冬天已无长雪。气候转暖，是油茶低产的主因。

气候主宰着物种。野火也使得山中的动植物出现了变化。2013年大火之后，荒地里原有的野百合，再也看不到了。之前鲜见的野鸡，现在每一片山都有，一窝一窝出来觅食。在金冈山坑的两边山坞，我看到了湖北海棠。湖北海棠第一次出现在这片山上。

庚子年的山火烧过之后，又会出现哪些变化呢？这是我等待的。火是生命的洗礼，有的物种浴火重生，有的物种暂时消失。万物就这样来来回回。

泉酿

法国新古典主义画家让·奥古斯特·多米尼克·安格尔在1856年创作的油画《泉》，是西欧美术史上的经典之作。绽放的雏菊、流淌的清泉、淳朴的瓷瓶、清纯的少女、肃穆的山崖、蓬勃的绿叶，组合成了具有音乐感的油画画面。自然的生命力和人的生命力，在少女的明眸得到完美体现。每次在印刷品中阅读《泉》，我便会想起在水井边汲水的女人。当然，汲水的女人不用瓷瓶，而是用毛竹筒。

汲水的毛竹筒，我们称之竺罐，家家户户都有。竺就是竹。老毛竹山上有，砍一根下来，锯下根部的一节，制作圆筒水罐。竺罐有两个耳朵，棉绳穿过耳朵，可提可挂。在溽热的季节，外出干活的人把竺罐抛入水井，罐口咕噜噜冒泡，水灌了一半，泡不冒了。竺罐一半斜浮在水面，一半沉下去，压一下罐口，又咕噜噜冒泡。井里的水冰凉，嘣一口，透身凉。割稻了，田头的箩筐装了五六个竺罐，要不了一个时辰，罐里的水全喝光。去灌水，便是女孩子的事，竺罐提在手上，穿过田埂上的豆垄，往寒塘走。

欣赏了《泉》，我便想，假如荷兰后印象派画家文森特·威廉·梵高来到郑坊盆地，他有可能画下《有妇女汲水的郑坊田畈》，而不是《有妇女在洗衣服的阿尔勒吊桥》。1888年3月，梵高给弟弟提奥致信：“今天的工作是画一张15号的画——那是在蓝色天空下，一辆小马车正通过的一座吊桥，和天空同色的河水，绿草，橘色的河堤，还有一群穿着各色衣服的浣衣妇女。”8月的郑坊田畈，如铜管乐器在正午热烈奏响，每一个音符都在燃烧。瓦蓝的天空下，农人在繁忙收割，装满谷物的麻袋整齐地堆在板车上，孩子在捡拾稻穗，女孩子背着竺罐被金色的稻浪簇拥，她的脸既像土豆，又像樱桃。

竺罐里的泉水，注入了田畈里每一个人的生命。

水井是天然泉水井，有两个，一个在寒塘，一个在塘坞。寒塘在官葬山，塘堤下有一个井口约一平方米的井池，池边用青石板铺平，井水冬暖夏凉，甘甜可口。这是官葬山人的饮用水取水地。塘坞以北一条狭长的山垄，筑四米高水坝拦截雨水，坝底下有一个泉眼，被人用沙石围出小口圆井，方便农人做事时取水直饮。

寒塘是一个约十余亩大的山塘，塘下有多眼天然泡泉。即使在夏天，泡泉刺骨冰寒。塘鱼几年也长不了两斤。河蚌长两年，有碗大。冬天，塘浅下去，妇人下塘摸河蚌，摸半天，河蚌装满一个大圆篮。蚌肉用盐搓洗，井水煮，放几片薄荷几粒姜米，味鲜美。泥鳅也多，暴雨之后，在排水口，放两个篾丝扎的鱼笼，要不了半个小时，鱼笼全是泥鳅。泥鳅是圆鳅，背褐黑，两侧麻褐色，腹部白褐色。圆鳅粗壮，扭动起来，十分有力。塘下有一条三里长的水路，供田畈灌水排水。水路狭窄，泥层薄，草本植物茂盛。随便翻开植物根须，可捉十几条泥鳅上来。

泉水泡茶，泡出妙茶。茶是土茶。泉水储在土陶水缸。水缸深黄色或深褐色，釉质细腻肥厚，手摸起来，凉幽幽。喝茶人嘣一口茶，摇一下头，又嘣一口，额上涔出细汗。

有一个叫鱼兴的人，他喜欢做各种看似毫不正经的实验。有一次，他抛了一个问题给我，叫我给答案。他抛的问题是：溪水浇西红柿，煮沸后的冷溪水浇西红柿，泉水浇西红柿，煮沸后的冷泉水浇西红柿，分别有什么结果。种菜要浇水，谁都知道。可谁会用冷开水浇菜呢？我被他问傻了，张着嘴巴半天说不出话。他这样提问题，说明结果不一样。我估计只有他知道答案。他说，只有煮沸后的冷溪水浇西红柿，西红柿越浇越干枯。他说，这个实验已经做了三年，茄子也做同样实验，结果一样。鱼兴是个农民，没有科学分析，只有结果。我也给不了科学分析。他得了一个让我惊讶的结论：泉水是世界上最好的水，沸了的泉水仍然是活水。

腊月了，寒塘的泉水酿出了饶北河上游的米酒。糯米产自山坞里的冷浆田，颗粒圆润饱满，放在木桶里，泉水泡一个时辰。糯米饱吸水分，白白胖胖如春蚕。细筛把糯米晾半个下午，正是太阳下山。大锅里的水，旺旺的，沸叫了起来，噗噗噗。灶膛里的柴火裹贴着锅底，水与火在这里相融。糯米倒入饭甑，盖上盖板，用毛巾捂着盖沿，灶膛加入大块劈柴，灶台板(青石)游起水汽，烧灶的人哼起了小调。

饭甑板从底下慢慢往上热，热到哪个部位，哪个部位的板缝潽出细细碎碎的水泡。板缝的水泡线，慢慢拉长，一直拉到盖沿。往上的蒸汽冲撞着盖板，盖板咯嗒咯嗒地轻叩着饭甑圈，白白的汽浪外泄，萦绕整个厨房。盖板发热，手掌捂下去，掌心热滚滚。手捂着，再冷的天，也不觉得冷了。盖板缝有水泡吐出来，如婴儿吐奶。

“糯米饭蒸好了。”做米酒的人看到盖板冒水泡，喊一声。要吃糯米饭的人，端大碗，舀一碗，拌上猪油，浇三羹勺蜂蜜，筷子翻动几下糯米饭，边走边吃。没有蜂蜜的，抖一些白糖下去。

天已完全黑了，冷风呼呼呼，鬼一样叫。熟热的糯米饭倒在筲箕里，压碎了的甜酒曲掺在饭面匀开，舀冷泉水冲下去，边冲边翻转糯米饭。水浇透了，热气散了。糯米饭蓬松柔软，堆在酒缸里，用拳头压实，抹平，勺子在饭面中央剜一个核桃大的洞，塞上甜酒曲，盖上盖子，用棉被捂得严严实实，搬进储藏间。过个十天半个月，出酒了。打开盖子，酒香散了整个房间。舀酒的器具，叫荷叶勺，是桂竹做的。一节毛竹锯中间，下部挖出勺状，上部留一块窄板做握手把。舀满一荷叶勺，正好半斤酒。酒灌入锡壶，温在火炉里，边喝边添酒，从鸭舍摸两个鸭蛋出来，打在锡壶里，筷子荡几圈，蛋花散了。蛋花如一朵朵金菊开在酒里。一屋子酒香。爱喝水酒的人，饭也不吃，抱着一个碗，喝到火炉熄了。夜已深，风已远，归人又近一程。

有的人家，四季都做酒。醪糟去腥味，去杂味。烧鱼烧泥鳅烧黄鳝，烧鸡鸭，烧排骨，烧羊肉，没有比这更好的调味品了。醪糟也叫酒酿，炖鸡汤，煮汤圆，堪称绝品。有一道菜叫腊味合蒸，常吃不厌。腊味四种，即腊鱼干、腊猪肝、腊猪耳朵、腊肠，合在一个大碗里，放辣椒粉、醪糟、豆酱、大蒜、生姜等作料，在竹笼里蒸半个小时，很入味。醪糟是不可或缺的。腊味合蒸是一道味足的下酒下饭菜。外村的人，便等着枫林人做甜米酒，腊月正月待客，体面。酒甜而不腻，香醇弥久，回味悠远。

嗜酒的人不做甜米酒，做水酒。甜米酒用的酒曲是甜酒曲，酒精度数在三度左右。水酒用的酒曲是老酒曲，酒精度数一般在十三度以上，焐酒时间至少二十天。水酒好喝，但烧人。煮沸了的水酒，比高粱烧还烧人。喝水酒醉的人，都是快活醉，酒慢慢喝，话慢慢说，菜吃完了人也倒了。醉倒的人，没三天，脚伸不了直，走路撇着脚，虚浮着身子，摇摇晃晃，太阳穴的青筋暴突着，像盘着小蛇。嗜酒的人下地干活，上山砍柴，提一个竺罐出门。竺罐里装得满满，不是水，是水酒。走在路上喝一口，歇脚了喝一口，坐在田边歇气了喝一口。一口下去喝三两，一个大竺罐可以喝十口。喝一口，说一句："真煞口。"

二十年前，寒塘之下的大片水田，已很少有人种水稻，部分被荒废了，另一部分改种蔬菜。荒废的田苇草丛生，泥开始板结。寒塘之上的山垄也无人耕种，番薯地棉花地成了苦竹、灌木、藤萝的杂生之地。寒塘的泡泉亦年复一年枯竭，塘水仅仅剩下雨水。有吊酒（吊酒即自酿土烧）的人，在寒塘后的石煤洞养猪，酒糟喂猪，猪粪渗流在寒塘，水乌黑色。

塘坞泉水甘冽，但出水量不大，芦苇长得比人高，早年还有人养鱼，晚上睡在坝顶的茅棚守鱼。

塘坞、寒塘的泉水，并不是日常取饮用水的地方，日常饮用水取自山溪。山溪也是山泉水汇流而成。我们用水桶去挑，早上去挑三五担，用上一天。二十世纪九十年代末期，山溪被田里排泄出来的水污染了，再也无法饮用。

饮用水无处可取，河与溪交错的枫林，成了一个无水饮用的村子。村人打井。土是礁土，地下土层挖开都是麻壳土，一层一层的碎岩石。专业打井的人说，三十米以下，才有水冒出来。冒出来的水，有咸味，洗衣服还可以，万万做不得饮用水。

村里打了十几口井，又荒了。河边世代长居的人，遇上了糟心的饮水荒。泉是有的，怎么引下来入户，成了一件大事。泉眼有好几处，藏在各个山坞里。山大多是煤石山，石煤非常丰富。煤石山的泉水，含二氧化硫和二氧化铁，泉水流过之处，石头褐黄。一个村，以族居区分出了五个大片：上枫林、周家、中篷、全家、官葬山。各个片区从自己的祖山，引一条或两条水源。没有水源的，借别的片区水源。官葬山人借了全家、中篷水源。全家水源不足，又借了中篷的水源。周家和中篷的水源，出自石灰石的岩石，是最优质的水源。这一带的山梁，我非常熟悉。哪条山涧出自哪里，我都熟悉。

村里有山，沿两条狭长的峡谷分布。中篷巷子里的人，在金冈山坑山脚下，筑了一个可储六十吨水的大水缸，山泉水从金冈山坑和董家山坞分两条管线引入，供一百二十余户饮用。

信江是赣东北最大的水系，也是江西六大水系之一。信江沿岸均是开阔的丘陵地带。饶北河自北向南，是信江主要支流之一。信江以北，也是丘陵向高山地区的过渡地带，山峦绵延百余里，至分水关，高山耸立，山梁横亘，延至大茅山山脉，并与黄山山脉相衔。自东向西长卧的灵山山脉，被一个豁口切断，如蟒蛇被砍断了头。豁口处即郑坊盆地入口处。灵山山脉是世界上最长的花岗岩集群之一。大自然的造山运动，在信江以北地区，留下了我诸多不解之处。不解之一，便是在煤石山的重重包围之中，为什么独独金冈山坑是半座石灰石山——山梁以东为石灰石结构，以北为煤石结构。我不能不说，这是自然之神的恩赐：中篷的水质无任何污染且入口甘甜，水源丰沛。主要水源为两处：金冈山坑和董家山坞，终年不息。管理供水的人，叫三佗，是个半丧失劳动能力的人。我进峡谷，有时和他一起去。“我们的山泉水好。在我们小学教书的洲村人，每天提两个大塑料壶，从我们这里提水去喝。”三佗说。

今年(庚子年)正月，中篷人又从石岩门、董家门各引入一股山泉，加大供水量。我和邻居去勘察水源，三佗神秘地对我说：“去年干旱了四个月零十三天，中篷没缺水喝，经受了大考验。唐僧坞下面还有一股水，水质非常好，可供十几户人喝，过几年，中篷人丁多了，我们把这股水引过来。”

洲村在饶北河以南，与枫林隔河相望，却无山泉水喝，打井取水。湖堰（自然村）每年都有肝癌或肠癌或胃癌或尿毒症患者忍受万般痛苦、背负重债（医疗费）死去。我远房表姨家五口人，七年死了三个癌症患者。地下水已被窨井污水严重污染，喝水如喝毒。盆地各村，年过八十的老人数中篷最多，四十余年来，恶性疾病患者只有一个，且医治后痊愈。

郑坊盆地有两条主河流，一条源自大茅山山脉，一条源自灵山山脉，两河在郑坊村口汇流。而优质的山泉十分稀缺，石峡村、郑坊村、钱墩村、洲村，均无。外村人见我用山泉水浇花，露出羡慕的眼神，说："你浇下的每一滴，都是'农夫山泉'，真是奢侈。"

山泉水是活水，即使煮沸了，还是活水。它活在动物、植物的生命里，活在人的生命里。它不仅仅是滋养，而是酿造了生命。

大地的哲学课

萤火虫

农历七月，漫长的暑热开始，乡野的夜晚坠入洇散的星光，潮湿的溪边，出现了萤火虫。萤火虫忽闪忽闪，夜晚发出幽蓝色的光。

孩童捉萤火虫藏在玻璃瓶里，一只、两只、三只……玻璃瓶荧亮荧亮。这是安徒生留给我们的世界。玻璃瓶摆在床头木桌，孩童酣睡了，荧光依然在闪。孩童在梦中笑了。他梦见了什么呢？这是最纯真的秘密。

萤火虫是落入凡间的星星，在树林，在溪边，在河滩，带着一群孩童奔跑、跳舞。萤火虫忽上忽下纷飞，有时是一只、两只，有时是上百只、上千只。萤火虫举起了大地最小、最美的烛火，照着草叶的面孔、苇莺的睡眠。它还照着什么呢？

大野宁静。萤火虫只存活七天，孵卵之后，便安静地死去。没有人在意它们死去。谁也不会因此而悲伤。

孩童很快忘记了萤火虫,采了一束野菊花,插入玻璃瓶。

朝露

我非常细致地观察过朝露从凝结到坠落的过程。院子里,我用竹筒养了一株吊兰。在2020年5月2日早上四点十五分,我坐在吊兰前观察,并做即时记录。记录如下:

一、叶面铺起雾珠,需要二十一分钟。

二、雾珠滑在一起,形成露珠,依靠微风抖动叶子。

三、雾珠凝成一颗豌豆大的露珠,这个过程需要十七分钟。

四、悬在叶尖上的露珠,分两种颜色:上半颗纯无色透明,下半颗翠绿色。

五、露珠悬在叶尖上,可以悬三分四十五秒。露珠下坠,叶子往下弯曲,叶面的露珠滑下来,加速了叶尖的露珠坠落。

六、露珠在地面破碎的时间,无法计时。

七、叶尖上,一滴露珠形成,需要十三分二十一秒。

八、太阳照在吊兰上,雾珠全部消失,需十一分二十五秒。

记录完了,我感到无比悲伤:生成的过程艰苦卓绝,而消亡却十分轻易。

冬蜂

冬日，我去山坞看人割棕衣。割棕人站在木梯上，一手抱着棕树，一手用弯刀割棕衣。我问割棕人："割这么多棕衣做棕垫还是攊蓑衣？"割棕人的头上扎了一块黑头巾，看起来像个烧炭人。

"给蜂箱压箱顶，风太大了，蜂会冻死。"割棕人说。

山口有一块空地，摆了二十余箱蜂。我昨天上午去看过蜂。地上有很多死蜂，风刮着死蜂跑。蜂箱口的边沿，躺了很多死蜂，腹部朝天。我想，这些蜂，采蜜回来，来不及进蜂巢，便死在了"家门口"。如大雪之日返乡的人，跋涉了千山万水，到了村前月下溪桥，却再也走不动了，扑倒在桥上，望着旧年的大门。

蜂场是生命最欢腾的地方，蜂舞如瀑泻，振翅如弓弦震颤，发出嗡嗡嗡的金属之声。冬日却冷寂，但仍有一只或几只蜂，飞出蜂箱，去山林采蜜。山林，花非常稀少了，我只看到了紫菀、野冬菊，和尚未完全凋谢的油茶花。在一朵紫菀花里，我还找到一只死蜂，它的口器还插在花蕊里，翅膀裹着淡黄色花粉。

蜂，让我想起了农夫，只要脚可以着地，手可以动，就会去地里干活，无论天多冷，风多大。

扫云

2020 年 6 月 7 日，晚七点十三分，我一个人坐在四楼天台，抬头望天。天只有一朵云。一朵云也是一团云:云朵太大了,如一座矮山冈。云团如一座浮在大海上的孤独冰川。

底层的云淡黑色,抹了铅笔灰一样。中层的云深灰色,草木灰的那种灰色。高层的云棉白色。云团慢慢往上涌,淡黑色渐变深灰色,深灰色渐变蓝灰色,棉白色退变浅灰色。云团改变了形状,如火山灰喷发。

云往北飘移,如冰川慢慢沉没海水。冰川崩裂,散开。海面多了碎碎的浮冰——云团不见了,无数的云絮浮移。云絮浮移有了海浪推动起来的长弧形波纹线。浮云变薄变白,如支起的蚊帐。

冰最终被海水融化,云最终丝缕不剩。天一片瓦蓝。

天太热,我丝毫没感觉到风。但云散,是因为有风在吹。风如老僧打扫僧房,把云扫得干干净净。

麻雀

我做了一个有关麻雀吃食的实验。

在院子的瓷器圆桌上,倒扣一个筲箕,用两根约三十厘米长的君子竹,支起筲箕嘴的两个角,麻线在竹节扎结,拉直,线的另一端扎在筲箕背。这是简易的捕鸟笼,鸟进了筲箕罩口吃食,触碰了麻线,筲箕自动落下来,罩住鸟。

我藏身在厨房里,半掩着门,盯着圆桌。一刻钟后,麻雀来了六只,站在圆桌上,东望西望,围着筲箕小步跳。在筲箕外围走了三分钟，其中一只麻雀进去了，小心地吃饭粒，吃了几粒，停了下来，嘁嘁嘁，叫了几声，其他麻雀进去吃了。

在筲箕嘴，我没有扎麻线，筲箕不会罩下来。麻雀吃了十几分钟，饭粒全吃完了。麻雀飞走了。

我撒了三次饭粒，麻雀都同样进食：由一只麻雀先试探性进筲箕啄食，确定安全了，通知其他麻雀一起享用。

2019 年 9 月，我去鄱阳湖做候鸟保护调查，余干县野保站站长雷小勇说了小天鹅进食的故事。上百只小天鹅去湖滩觅食，由一只小天鹅先吃，半小时后，吃食的小天鹅没有意外发生，其他小天鹅才开始进食，若有意外发生，小天鹅全部飞走，再也不会来。

做了麻雀吃食的实验，我相信了雷站长的观察：为同类的生存而牺牲的精神，并非为人类所独有。

爱是一种天赋。

蜣螂

去水库的路上，看见一只蜣螂在推羊粪球。羊粪球和冬枣差不多大，比蜣螂两个身体还大。我蹲下来，看它推。路是水泥路，路面平整。它用前肢推，像农夫推独轮车上重重的粮食。

路面有一个碗状的坑洞，是打桩人留下的。蜣螂推着推着，羊粪球滚落坑洞。蜣螂爬下坑洞，继续推。羊粪球落在两个小石块之间，推不起来。蜣螂换了个姿势，用后肢往后蹬，以倒退的方式推羊粪球。羊粪球缓缓往坑坡上滚。在接近路面处，羊粪球卡在水泥角上，蜣螂不断地蹬，羊粪球松动了，却滚了下来，压着蜣螂一起滚下坑洞。

蜣螂继续推，羊粪球还没到水泥角，滚了下来。

再而三，三而四。蜣螂不妥协。我想起希腊西西弗斯神话。西西弗斯推巨石上山，巨石上了山顶，因重力又滚下山底。西西弗斯周而复始，永无止境地推着巨石。

蜣螂推了八趟，耗时九十三分钟，最终把羊粪球推上了路面。我被它“悲壮”的努力，深深震撼。

河边月色

月色汤汤，淹没了川峦和原野，饶北河是汤汤之水上漂浮的一根芦苇，宁静是它的一部分，祥和是它的一部分，剩下的部分是细微风声和伶仃鸟语。我坐在河边的石礅上，树影投射在河面上，被水卷起皱纹。树影不沉落水底，也不浮在水面，也不流走。树叶树枝剪碎的月光，以白色斑纹的形式修饰树影。这古老的图案，只在月夜显现，还原了我们消失的原始记忆。

这里是滩头，村里有人去世，亲人来这里买水。长子或长孙抱着遗像，走在前面，走在他后面的是吹唢呐的人，把唢呐朝着天空吹，吹得秋蝉鸣叫一样呜呜咽咽，一群披戴白帽的人低着头，排着长队，来到滩头，往水中扔一把硬币，放几个零星的炮仗，握着香朝着河跪拜。唢呐一直在吹，嘀嘀嗒嘀嗒。每一年，都有十几支买水的长队，穿过时青时黄的田野，下一段河堤，来到古枫杨树下的滩头。一个乱石堆起来的滩头，见证了痛哭和告别，河就这样成了村人往生的一条朝天大道。这是每一个人最后离开的路，隐蔽晦暗的路，不知通往哪里的路。

一条被河水带走的路，水流到哪里，路便到了哪里。水有多长路就有多长。我想，离开的人，是坐一根芦苇走的，被水浪冲着颠着，浮浮沉沉。坐芦苇走的人，如一只孤鸟。

距滩头不远，有一个葫芦形的深水潭，与河道相通。河水在一个很小的草洲分流，大部分水流流入河道，少部分水流穿过草洲流入水潭。水潭铺上了银辉，星光点点。其中有一团月色，在水潭如一朵白芙蓉花。逆着水面看，水中有十几朵这样硕大壮丽的白芙蓉花。水是白芙蓉花的深闺，垂着珠帘，窗户斜开，只是没看到低眉梳洗的人。这个水潭，是小鷿鷈生活的地方。冬春季，每次来河边观鸟，都可以看到小鷿鷈潜泳戏水，若是有人来了，它们扇起翅膀掠过水面，撩起细珠飞溅的水花。潭不是死潭，水从草洲进从滩头出，鲫鱼、鲤鱼、鲩鱼沉在潭底，晚上浮在水面。月光下，鱼群露出了黝黑的鱼背，如移动的微缩岛屿。在夏天，有夜钓的人，戴着头灯，坐在草洲边，鱼篓半浸在水里，篓绳结在柳树根上，渔线抛入深潭。鲤鱼不时拱出水面，跃起身子，落下去。

我听到了鲤鱼在水里叫，“啧——儿，啧——儿”。现在是仲秋，霜期尚未到来，鲤鱼在霜后才停止进食，潜在淤泥里冬眠。鲤鱼的叫声和田蛙的叫声，发音和音量都很相似，区别在于田蛙会持续叫，而鲤鱼叫三五声后要歇上几分钟再叫，发出如鹅卵石坠入水面一刹那间的声音。有好几种(饶北河中)淡水鱼会发出单音节叫声。鲇鱼也会叫。鲇鱼躲在水中石缝或石洞或水下的草木根须，叫声是“嗡嗡嗡——，嗡嗡嗡——”，如一群蜜蜂飞过。黄颡鱼也会叫，像只呼朋唤友的鸭子，“嘎嘎嘎”。螺蛳青生活在深水，以螺蛳、小鱼、蛙类、昆虫、虾为主要食物，它的叫声和白鹡鸰啼鸣差不多，叽叽叽，叽叽叽。鱼一般在水面平静的夜晚叫。

鲤鱼的叫声，诱发了其他鱼叫。鱼声虽然稀稀落落，但清晰入耳，如低音合唱曲。这是一场让我颇感意外的河流演唱会。

潭边有一条三米宽的草径。蛇床花开得白，碎星子一样缀满了羸弱的枝头。蛇床是十分常见的植物，在坟地，在瓦窑厂取土的黄泥山，在萋萋的田埂，它们十几株簇拥在一起，或者独独的一株迎风摇曳。它们和飞蓬草、扫把草、野豌豆、苍耳等生活在杂乱荒废的角落。在路边长高了，被行人随刀一砍或脚踩断。蛇床沿着草茎两边生长，散发一种黏湿的暗香。月色加深了花白的纯度，花枝如银钗。蛇床打起了花苞，叶即衰老并慢慢萎谢，极盛极衰同现在一根草茎上。月上中天，圆圆的，像一块照妖镜，照出川峦清幽的面目。

草洲平坦，只有两棵矮柳。草洲与南岸相隔一条狭窄但略显湍急的河道，河底是砾石。河水半尺深，水浪扑闪，哗哗哗的水声奔腾不息。宽鳍鱲迎着水浪，摆动着鱼尾，越过砾石，一浪一浪地斗水。这一截二十米长的河道，我数了数，有十三个宽鳍鱲鱼群在斗水，一群约十余只，鱼群分分合合，有时三个鱼群并成一个长鱼群，有时一个鱼群分散并入其他鱼群。啪啪啪，啪啪啪，鱼拍打着水浪，游到静水处，游几圈，又退下河道，再次斗水。宽鳍鱲如一群顽童，不知疲倦地斗水。沿着河道走，我发现在湍急的流水处，有三类鱼群在斗水：宽鳍鱲、马口鱼、鲫鱼。

马口鱼的鱼群，数量最庞大。在一片沙柳茂密的河段，河面较宽，鹅卵石凸出水面，黝黑黝黑。沙柳约一米高，平平整整长满了河滩。河水闪着银光。马口鱼以梭形的队列，在戏水。一个鱼群至少有上百条马口鱼。这是一段食物丰富的河道，养鸭人在柳滩撒谷子、玉米、大麦喂鸭子。白天，五百多只麻鸭在这里吃食，滋生了丰富的浮游生物。鸟，也喜欢在柳树林吃食。丁酉年冬，久雨后的一天下午，我来这里观鸟，看见最大的乌鸫群落——五十多只，同时在淤泥里找食物。可能是天太冷，食物过于匮乏，饿得太久，它们围着一块淤泥沙滩，吃得很细致，根本没在意我站在它们身边。

也可能是这样，下雨的时候，雨把鸭子吃剩下的食物、鸭子和鸟的排泄物，冲刷进了河里，鱼寻食而来。鱼是群食动物，生性懒惰，喜欢聚集在食物丰富的水域。在无惊扰的时候，鱼群来了，一边戏水一边吃食。褐河乌、山鸦、红嘴蓝鹊、蓝翡翠、伯劳、鱼鹰等杂食鸟，藏在水域附近的树上，俯冲下来，叼起鱼，回落在树枝或石块上，大快朵颐。鸟冲入鱼群，鱼群惊慌四散，河面水珠四溅。

现在好了，大地一片安静，鸟栖于巢。即使草鸮，在夜晚，也不屑于偷袭马口鱼。草丛里的鼠肥硕，正在贪婪地吃草籽、甜草根或浆果。鼠才是草鸮的丰盛美食。我折了一根柳枝，拍打水面，马口鱼哗哗哗散开。过了五分钟，马口鱼又聚集起来，似乎忘记了刚才的惊慌，晃着白白的腹部，顽劣地斗水。

有两个人从南岸河堤往下游走。是两个中年男人。他们轻轻地说着话。我听不见他们说什么。他们空着手。可能他们在邻居家吃了晚饭回家,酒浓情深,喝着喝着,忘记了时辰。忘记了时辰又有什么要紧呢?月这么亮,四野这么静,正适合走夜路,结个伴,说说藏在心里的知心话。过了樟树林,其中一个人敞开嗓子唱起了歌:

紧打锣鼓(咿儿哟)慢拉弦(啰哟喂哟),
唱罢了长篇(喂呀喂子哟)说短篇(呐哟喂哟)。
前唐后汉(咿儿哟)都不唱(啰哟喂哟),
单表赣东(喂呀喂子哟)鱼米乡(哦哟喂哟)。
…………

唱歌的人,嗓音粗粗哑哑,却唱出长调的感觉。在一段残月形的河堤上,他们不见了——下了河堤,抄田埂路走了。确实,在月下适合唱歌,或者拉弓弦,或吹竹笛。

为什么他不唱一首情歌呢?《月亮走,我也走》《月亮代表我的心》都很适合此时月色。当然,不是每一个人有情歌可唱。歌还在,唱歌人不再。我猛然想起,上一次来到夜晚的河边,已是三十年前。瞬间,我出现了幻觉:一个穿红色长裙的女子,脸饱满,有一双鸽子眼,河风也吹不息她青春的气息,她满身裹着月光,羞赧地望着我。一个人的名字,涌上了我的舌尖,但我并没自语。我以为忘记了这个身影,像岁月的遗照。是这样的:遗忘的部分远远多于记取的部分,这就是人的历程。

月色美如斯,你会想起什么呢?我会想起什么呢?南山只与我隔了一条河。南山只与河隔了一团月色。

在河埠头,有简易的石埠桥,我过河,去看看三十年前坐过的河滩。石埠桥由十三块茶几大的石灰石组成。石灰石与石灰石之间约间隔半米,水流在此挤泻。水泛出幽蓝色,水线弧形。在石埠桥下,水形成漩涡,淘洗出深水区。水不断地回旋。我看见了十几条三五斤重的大鱼(鲤鱼、鲩鱼),在水中浪游。它们是天生的冲浪手、河中幽灵,机灵、敏捷,身形优美。很多年,我没在河里看到这么大这么多的鱼群了。

河滩被取沙人挖了几年,沙子取走了,留下乱石。有四棵环抱的洋槐树被挖倒了,露出一半的树蔸,但树还活着。淹在水下的树枝烂了,树身直挺挺地长了一排新的树枝,已有七八米高,再次郁郁葱葱。一棵倒下的树,"变"出了六七棵"树"。这是将死之树的涅槃。草皮滩没有了,乱石上长满了芒草和芦苇。人无法在芦苇丛行走。我恍恍惚惚在河边走了半里地,上了河堤,往上游走。

阔大的田野出现在我眼前。朗朗的,清澈的,略显伤感的田野有着远古的气息。月色轻浥,大地如蒙霜。收割后的稻田朴素洁美,田埂上的旋覆花如金盏,盛着秋色。更远处的田野,像一张被风吹落的黄褐色大氅。大地在安睡。人在安睡。鸟在安睡。唯独河不安睡。从不安睡的河,也从不疲倦,它在吞吐着水花。在大地的夹缝里，河就是一叶轻舟，过万重山，跃千重峡。河是世间最轻的马车，只载得动月色；河也是世间最重的马车，载着遗忘，载着星辰，载着天上所有的雨水。我听到了马车的毂轮在“桑桑琅琅”地转动，在砾石和鹅卵石上，不停地颠簸晃动。马匀速地跑，绕着山弯跑，马头低垂，马蹄溅起水线，车篷插着芒花和流云……

茫然间，我抬头望望月亮，月亮油黄油黄。一只大鸟自北向南飞。我认不清是什么鸟。这个时间点，怎么会有鸟飞呢？它奋力地扇动着翅膀，让我明显感觉到它的身子在一沉一沉。我想，它可能是迁徙鸟群中落单的一只。鸟也不叫，只顾着飞。

下河堤，往水坝走，沿树林、竹林走，再下一个斜坡，便到了另一个滩头。滩头呈半圆形，半边种了白菜、萝卜、芹菜，另半边种了两株枇杷树、两株橘子树。果树挂着几片稀疏的叶子。菜地下的茅草丛在晃动，似有什么动物在里面。我站在菜地边的矮墙下，看见一只黄鼬带着三只小黄鼬，慢慢蹿出茅草，向灌木丛走去。大多时候，黄鼬是扑着腰身拖着尾巴走路，像个惯偷进了屋子。可眼下的黄鼬，腰身挺直，仰着头，摇着黄毛尾巴，神气活现。我扔一个小石头过去，黄鼬吱吱吱地叫了两声，进了灌木丛。

滩头前有一块低矮的沙洲，约半个足球场大，地锦绵密，长了六棵棘柳。棘柳多年也长不高，棘刺硬硬的。这一带，有一个黑水鸡家族，有七只成员。我曾隐在棘柳下，坐了一个上午，看黑水鸡出来觅食。黑水鸡像戴黑毡帽的骑士，大跨步地在浅水中快走。被惊扰了，它不飞，而是叭叭叭跳脚走，躲在草丛边缘，缩着身子傻站，看起来呆头呆脑。

淡白的云，有了深灰色。我摸摸茅草叶，湿湿的。夜深了，露水开始凝结。我慢慢往村子里走。我在走，影子也在我前面走。影子带着我走。影子薄薄，浅灰色。我对着树，啊啊啊大叫几声。咕咕咕，鸟在树上打盹，说着梦话。我回头看了一眼哗哗流动的河水，发现河其实很清瘦，水也浅，但月光很深，渗透了河水的每一个细胞。水就那么亮了，与月光一样亮。或者说，河水是月光的一个替身。只有月光消失之后，河水恢复了身份。

所以，有一条河，是必须的。月亮离我们并不遥远，河把月亮送到了我们身边。月色把逝去的事物，又带了回来——我们曾注目过的事物，只是退去，而并未消失。在某一个月盈或月缺之夜，我们会原路返回，返回到某一棵树下，做长久的沉默。

最美好的旅行 | 后记

我父亲生于1936年、母亲生于1938年,一生都生活在郑坊盆地。2017年,我母亲虚岁八十,苍老得走不动路,我便告诫自己:没有特殊事情,我必须双休日回郑坊,陪伴老人,以免给自己留下遗憾。

星期五下午回郑坊、星期一上午回市区,是我往返的时间线。每次回去,除了替老人做少量体力活之外,我其实是一个无所事事的人。我利用每年在郑坊生活的百余天时间,徒步考察了盆地,历时三年余——这片贫穷、平凡的土地,在自然伦理的意义上,它有哪些变迁?它的生命价值和美学价值如何被大自然塑造出来?在关键的时间节点(如立春、立秋、霜降),动植物的生命现象出现了哪些变化?动物的生命状态怎么样?生活的废墟是怎样衍变成荒野的?——我需要去寻找自己的答案。

郑坊盆地距上饶市四十公里,坐落于灵山北部山脚之下,处于信江主要支流之一的饶北河上游,面积约二十平方公里,是上饶市北部最大的盆地。我考察的范围是:枫林村全部辖地,及洲村、钱墩部分辖地。

只要在郑坊,我在野外的时间,每天在五小时以上。无论是暴雨、大雪,还是烈日炎炎,我都要走向原野。荒丘、山谷、野生树林、野塘、荒田,我走了无数次。饶北河上游的河滩,我至少走了三百次以上。辛弃疾写带湖:“带湖吾甚爱,一日走千回。”我走不了一日千回,但有时一日走三回。

有一些偏僻的地方,我每个月会去走,因为观察大自然的动态性和连续性,需要足够的时间,才可以完整记录。也有些特殊的观察(比如鸟孵卵育雏),需要两个月以上时间的连续观察,才能观察到生命诞生的完整性。

今年(庚子年)春,因为新冠肺炎疫情暴发,我在郑坊生活了三个月。我又反反复复在盆地闲走。像一个在大地漫游的人,穿行在野草与流水之间,裤脚沾着露水,袖口荡着冷风。每次走向野外,我都感到新奇,心里有着难以抑制的激动,大自然日日常新又保留着逝去时间的痕迹。大自然的魅力,只有身处其中的人才能够领略。它的魅力在于:在大自然的色彩、声音、气息、形象中,可以找到人类共同的承受、灵犀、愉悦、期待、自由、沉静,从而让我们的内心衍生出怜惜、悲悯、同情、平等、信任、赞美、洁爱等高贵的情愫。我认为,这些情愫,就是人类文明的重要基石。

新冠肺炎疫情在全球暴发之后,我观察到,自然文学作品(以散文为主要表现形式)在纸质媒体、自媒体上,形成了一股初涌的浪潮,但阅读后,我又很失落。我读到的绝大多数作品,大致可分为两类:“引经据典”地叙述某一种动物或植物的文化意义;以生活经验或情感经验或行旅经验,切片式叙述某一个地域、某一种动物或植物的状态(生存状态或与人的情感状态)。

窃以为,自然文学是多样化的,各种写法并存,但我总觉得把这些作品归类为自然文学,感到很别扭,归类为方物志更适合。当然,怎么归类并不重要,由此引发的疑问可能更值得探讨,即自然文学的核心是什么?自然文学的价值是什么?因为,对自然文学的文本没有深入的认识,我们就会迷途,我们的美学价值观会崩塌。

纵观世界自然文学经典著作,窃以为,自然文学的核心是:人在大自然的现场,个体与自然的互动,人的生命与万物生命的彼此呼应和互融;体现自然的丰富性和生命的完整性;及时感受到生态危机,并为此发出警示;等等。自然文学的价值是:旨在给大众自然启蒙、再度认识自然、确认万物的尊严、塑造万物的生命价值、呈现自然天籁之美、梳理人与自然的关系、构建人与自然的伦理、叠高自然文明,并借此引导我们的生命走向。

“自然”不仅仅是一个具象的、客观的、可叙事的空间环境概念,我们对自然的认知越深切,表达的主题也越丰富,我们进而会发现,“自然”更是一种与人休戚相关的高级文明。

自然文学写作者必须具备三个条件:具有艺术审美的文字书写能力,储备了较为丰富的博物学知识,有长期的野外观察、调查和体验。三者兼而有之的写作者,其实非常少,因此高品质的自然文学作品极其稀缺。当下的写作者,大多(我也是属于其中之一)缺乏长期的野外观察,作品大多出自城市高楼的书房,有丰富饱满的概念，却缺乏描写自然现场的感人细节。只有在自然现场，才能“接收到自然的动人心魄之处”(《文学报》编辑张滢莹语)。书写者才有可能写出情感丰沛的感人细节。因为，自然文学是一种剔除了概念化的写作，文本的本身具有了自然的属性：自在性，即自行自远或自行自止。这种属性，与野外考察的踪迹，十分相似。我们读亨利·戴维·梭罗的《瓦尔登湖》、约翰·巴勒斯的《醒来的森林》《鸟与诗人》、约翰·缪尔的《加州的群山》、奥尔多·利奥波德的《沙乡年鉴》、普里什文的《林中水滴》《大自然的日历》《鸟儿不惊的地方》、蕾切尔·卡森的《寂静的春天》、西格德·F.奥尔森的《低吟的荒野》、安妮·迪拉德的《听客溪的朝圣》等经典著作，以及我国当代自然文学作家胡冬林的《山猫河谷》《狐狸的微笑》、苇岸的《大地上的事情》、徐刚的《伐木者，醒来》等影响广泛的作品，我们不难发现，高品质的自然文学作品，既是个人心灵史，也是个人踪迹史。他们的心灵，与自然与时代互通。

《风过溪野》是我对自然文学的再一次写作实践，因个人学养不足，有粗陋之处，敬请方家包涵并批评，为我以后的自然文学写作提供更广阔的视野和深度。在写作本书的过程中，我深知其中之艰辛，要写出“有样子”的自然文学作品，是多么难，耗时(野外观察时间远远多于写作时间)耗力(聚精会神对待文字)，又不得不三天两头磨洋工(思考自然的丰富性)。正因其难，所以我不得不加倍努力。

我秉承“探寻素美世界，发现生命价值，讲述时间对大自然的深情演绎”的理念，写作这本书。以诗性、质朴、简约的笔致深入仁慈、祥和、宁静、野趣的自然世界，展示自然的美丽画卷和生命的细微踪迹。我像个养蜂人，追寻着季节的足迹，胸膛和大地一样赤裸，歌喉和河流一样喑哑。

每一次在溪野漫步，我都情致盎然。这是最美好的旅行，简单而朴素。我在山川溪流之间，听风吟月，深切感受大自然的壮丽风采。这个时候，人回到自然的状态，与草木虫鸟同呼吸，清空物质的欲望，心灵充盈丰盛。